Tucholsky   Wagner   Zola   Scott   Sydow   Freud   Schlegel
Turgenev   Wallace   Fonatne
Twain   Walther von der Vogelweide   Fouqué   Friedrich II. von Preußen
Weber   Freiligrath
Fechner   Fichte   Weiße Rose   von Fallersleben   Kant   Ernst   Frey   Frommel
Richthofen
Hölderlin
Engels   Fielding   Eichendorff   Tacitus   Dumas
Fehrs   Faber   Flaubert   Eliasberg   Ebner Eschenbach
Feuerbach   Maximilian I. von Habsburg   Fock   Eliot   Zweig   Vergil
Ewald
Goethe   London
Elisabeth von Österreich
Mendelssohn   Balzac   Shakespeare   Dostojewski   Ganghofer
Lichtenberg   Rathenau   Doyle   Gjellerup
Trackl   Stevenson   Tolstoi   Hambruch
Mommsen   Lenz   Hanrieder   Droste-Hülshoff
Thoma   von Arnim   Hägele
Dach   Verne   Hauff   Humboldt
Karrillon   Reuter   Rousseau   Hagen   Hauptmann   Gautier
Garschin
Damaschke   Defoe   Hebbel   Baudelaire
Descartes   Hegel   Kussmaul   Herder
Wolfram von Eschenbach   Dickens   Schopenhauer
Bronner   Darwin   Melville   Grimm   Jerome   Rilke   George
Campe   Horváth   Aristoteles   Bebel   Proust
Bismarck   Vigny   Barlach   Voltaire   Federer   Herodot
Gengenbach   Heine
Storm   Casanova   Tersteegen   Grillparzer   Georgy
Chamberlain   Lessing   Langbein   Gilm   Gryphius
Brentano   Lafontaine
Strachwitz   Claudius   Schiller   Kralik   Iffland   Sokrates
Schilling
Katharina II. von Rußland   Bellamy   Gibbon   Tschechow
Gerstäcker   Raabe
Löns   Hesse   Hoffmann   Gogol   Wilde   Gleim   Vulpius
Luther   Heym   Hofmannsthal   Klee   Hölty   Morgenstern   Goedicke
Roth   Heyse   Klopstock   Kleist
Luxemburg   Puschkin   Homer   Mörike
La Roche   Horaz   Musil
Machiavelli   Kierkegaard   Kraft   Kraus   Moltke
Navarra   Aurel   Musset   Lamprecht   Kind   Kirchhoff   Hugo
Nestroy   Marie de France   Laotse   Ipsen   Liebknecht
Nietzsche   Nansen   Ringelnatz
Marx   Lassalle   Gorki   Klett   Leibniz
von Ossietzky   May   vom Stein   Lawrence   Irving
Petalozzi   Platon   Knigge
Sachs   Pückler   Michelangelo   Kock   Kafka
Poe   Liebermann   Korolenko
de Sade   Praetorius   Mistral   Zetkin

Der Verlag tredition aus Hamburg veröffentlicht in der Reihe **TREDITION CLASSICS** Werke aus mehr als zwei Jahrtausenden. Diese waren zu einem Großteil vergriffen oder nur noch antiquarisch erhältlich.

Symbolfigur für **TREDITION CLASSICS** ist Johannes Gutenberg (1400 — 1468), der Erfinder des Buchdrucks mit Metalllettern und der Druckerpresse.

Mit der Buchreihe **TREDITION CLASSICS** verfolgt tredition das Ziel, tausende Klassiker der Weltliteratur verschiedener Sprachen wieder als gedruckte Bücher aufzulegen – und das weltweit!

Die Buchreihe dient zur Bewahrung der Literatur und Förderung der Kultur. Sie trägt so dazu bei, dass viele tausend Werke nicht in Vergessenheit geraten.

Mexicanische Nächte - Dritter Theil

Gustave Aimard

Impressum

Autor: Gustave Aimard
Umschlagkonzept: toepferschumann, Berlin

Verlag: tredition GmbH, Hamburg
ISBN: 978-3-8472-3516-3
Printed in Germany

Gustav Aimard

Mexicanische Nächte – Dritter Theil

Leipzig.

Verlag von Chr. E. Kollmann.

1865.

Mexikanische Nächte.

Von

Gustav Aimard.

Aus dem Französischen übersetzt.

Dritter Theil.

Leipzig.

Verlag von Chr. E. Kollmann.

1865.

I.

Die Ueberraschung.

Schweigend setzten sie also ihren Ritt bis zum Abend fort.

Mit Sonnenuntergang erreichten sie einen verfallenen Rancho, der wie ein Vorposten am Rande des Weges stand; hier machten die Reiter auf einen Wink des Abenteurers Halt.

Ein Mann trat aus dem Rancho, betrachtete sie eine Weile schweigend und ging dann wieder in das Haus zurück.

Einige Minuten verstrichen; der Mann erschien von Neuem, diesmal kam er hinter dem Rancho hervor und führte zwei Pferde am Zügel.

Diese Pferde waren gesattelt.

Der Abenteurer und Dominique sprangen ab, nahmen die Alforjas und Pistolen, legten dieselben auf die frischen Pferde und schwangen sich in den Sattel.

Da kehrte der Mann ein zweites Mal zurück und führte zwei andere Pferde für Loïck und Lopez herbei, dann ergriff er die Zügel der vier Pferde und entfernte sich, dieselben hinter sich herführend.

»Vorwärts!« rief Don Jaime.

Sie brachen auf.

Der schweigsame und rasche Ritt begann von Neuem; die Nacht war finster, die Reiter glitten wie Gespenster in der Dunkelheit dahin.

So ging es die ganze Nacht; gegen fünf Uhr Morgens wechselten sie abermals die Pferde in einem halb zerstörten Rancho; diese Männer schienen von Eisen zu sein; seit fünfzehn Stunden im Sattel, war noch keine Ermüdung an ihnen zu bemerken.

Während dieses langen Rittes war kein Wort zwischen ihnen ausgetauscht worden.

Gegen zehn Uhr Morgens sahen sie in den leuchtenden Strahlen der Sonne die Thürme von Puebla glänzen; sie hatten hundertundsechsundzwanzig Kilometer, welche diese Stadt von Mexiko trennen, in weniger als zwanzig Stunden auf fast grundlosen Wegen zurückgelegt.

Ungefähr eine halbe Meile von der Stadt entfernt, machten sie auf ein Zeichen des Abenteurers, anstatt ihren Weg in gerader Linie fortzusetzen, eine Wendung und schlugen einen kaum gebahnten Weg ein, der durch ein Gehölz führte.

So galoppirten sie wohl eine Stunde hinter Don Jaime her, der sich an die Spitze der Cavalcade gesetzt hatte. Bald erreichten sie eine Brandstätte, welche einen ziemlich weiten Platz einnahm. In der Mitte desselben erhob sich eine Enramada.

»Wir haben unser Ziel erreicht,« sagte der Abenteurer, indem er sein Pferd anhielt und abstieg, »hier werden wir einstweilen unser Hauptquartier aufschlagen.«

Seine Gefährten sprangen ebenfalls ab und begannen ihren Pferden das Sattelzeug abzunehmen.

»Wartet,« begann er von Neuem. »Du, Loïck, wirst Dich nach Deinem Rancho begeben, wo in diesem Augenblick der Graf de-la-Saulay und seine Diener sich befinden, und Beide hierher führen; Lopez dagegen wird für Mundvorräthe sorgen.«

»Wir werden also die Beiden hier unter der Enramada erwarten?« fragte Dominique.

»Nein, denn ich gehe nach Puebla.«

»Fürchtet Ihr nicht, erkannt zu werden?«

Der Abenteurer lächelte.

Don Jaime und der Vaquero blieben allein. Sie führten ihre Pferde fort und nahmen ihnen den Zügel ab, damit sie das weiche Gras des Platzes abweiden konnten.

»Folgt mir,« sagte Don Jaime.

Dominique gehorchte.

Sie traten unter die Enramada.

Man nennt in Mexiko Enramada eine Art Hütte, die aus Baumzweigen geflochten und mit anderen Zweigen und Laub bedeckt ist;

solche anscheinend höchst elenden Hütten bieten indessen hinreichenden Schutz gegen Regen und Sonnenstrahlen.

Diese Enramada, besser gebaut als die anderen, war durch eine Wand von geflochtenen Zweigen, welche bis zum Dache reichte, in zwei gleiche Hälften getheilt.

Don Jaime begab sich sogleich in die zweite Abtheilung. Dominique, der seit einigen Augenblicken sehr nachdenklich schien, folgte ihm.

Der Abenteurer entfernte einen Haufen Heu und trockener Blätter und begann mit seiner Machete die Erde aufzuwerfen.

Dominique sah ihm mit Erstaunen zu.

»Was macht Ihr denn da?« fragte er endlich.

»Ihr seht es, ich mache den Eingang zu einem unterirdischen Gange frei, helft mir,« sprach er. Beide begannen zu arbeiten. Bald darauf wurde ein breiter, glatter Stein sichtbar, in dessen Mitte sich ein Ring befand.

Als der Stein aufgehoben war, erblickte man grob in den Felsen gehauene Stufen.

»Steigen wir hinab,« sagte der Abenteurer.

Letzterer hatte mit Hülfe eines Streichhölzchens eine Lampe angezündet.

Dominique warf einen neugierigen Blick um sich: der Ort, an dem er sich befand, und der sieben bis acht Meter unter dem Erdboden lag, bildete eine Art achteckigen Saal von ziemlich weitem Umfange; vier Gänge, die unter der Erde hinliefen, mündeten an verschiedenen Stellen.

Dieser Saal war reichlich mit Waffen aller Art angefüllt; man erblickte darin Harnische und Geschirre, ein aus Blättern und Pelzwerk errichtetes Bett und, auf einem an der Wand aufgehängten Brettchen, eine Reihe Bücher.

»Ihr seht hier eine meiner Zufluchtsstätten,« sagte lächelnd der Abenteurer, »ich besitze deren mehrere die auf dem ganzen mexikanischen Gebiet zerstreut liegen. Dieses unterirdische Gemach datirt aus der Zeit der Aztequen, seine Existenz ist vor mehren Jahren durch einen alten Indianer entdeckt worden. Ihr wißt, daß die Provinz, in welcher wir uns befinden, in alten Zeiten geheiligtes Gebiet der mexikanischen Religion und mit Tempeln bedeckt war. Die unterirdischen Gänge dienten den Priestern dazu, sich von einem Ort zum andern zu begeben, ohne entdeckt zu werden, und so den Wundern, welche sie auszuüben behaupteten, mehr Kraft zu verleihen. Später dienten sie den von den spanischen Eroberern verfolgten Indianern als Zufluchtsort; dieser, in welchem wir uns befinden, der auf der einen Seite bei der Pyramide von Cholula und auf der andern mitten in Puebla mündet, ohne die andern Ausgänge zu rechnen, ist schon öfters während des Unabhängigkeitskrieges den mexikanischen Insurgenten sehr nützlich gewesen. Heute kennt Niemand die Existenz desselben, dieses Geheimniß ist nur mir bekannt.«

Der Vaquero war mit dem lebhaftesten Interesse diesem Bericht gefolgt.

»Verzeiht,« erwiderte er, »aber eins ist mir unbegreiflich.«

»Was meint Ihr?«

»Ihr habt mir soeben mitgetheilt, daß wenn Jemand unvermuthet hierher käme, wir sogleich davon benachrichtigt werden würden.«

»Ja, das habe ich Euch in der That gesagt.«

»Ich begreife nicht, auf welche Weise das geschehen könnte.«

»Es ist sehr einfach: Ihr seht dort jenen Gang, nicht wahr?«

»Ja.«

»Er mündet auf eine Oeffnung von ungefähr einem Meter im Viereck, die mit Strauchwerk bedeckt und unmöglich zu erkennen ist, dieselbe befindet sich gerade dem Eingang des Weges gegenüber, durch welchen man allein in das Gehölz dringen kann. Nun aber wird in Folge seltsamer Akustik, deren Erklärung ich Euch nicht zu geben vermag, jedes Geräusch, selbst das leiseste, welches in der Nähe dieser Oeffnung sich vernehmen läßt, hier augenblicklich mit solcher Klarheit wiederholt, daß es leicht ist, die Natur desselben zu unterscheiden.«

»Oh! dann bin ich beruhigt.«

»Ueberdies werden wir, sobald die Personen, die wir erwarten, angekommen sind, diese Oeffnung, deren wir ferner nicht bedürfen, verstopfen, und wir können durch den Gang, der sich hinter Euch öffnet, kommen und gehen.«

Während der Abenteurer seinem Freunde diese Erklärung gab, hatte er einen Theil seiner Kleider abgelegt.

»Was macht Ihr denn aber!« fragte Dominique von Neuem.

»Ich verkleide mich, um auf Kundschaft auszugehen und zu hören, wie unsere Sachen in Puebla stehen. Die Einwohner dieser Stadt sind sehr religiös, es wimmelt darin von Klöstern, ich werde daher das Gewand eines Camaldulensermönchs anlegen, unter dessen Schutz ich meinen Beschäftigungen nachgehen kann, ohne fürchten zu müssen, die Aufmerksamkeit auf mich zu ziehen.«

Der Vaquero hatte sich auf das Pelzwerk niedergesetzt, und lehnte in Gedanken versunken, gegen die Mauer.

»Was habt Ihr nur, Dominique? Ihr scheint traurig zu sein,« bemerkte Don Jaime nach einer Weile.

Der junge Mann schauderte, als fühle er plötzlich den Biß einer Schlange.

»Ich bin in der That betrübt, Herr,« murmelte er.

»Habe ich Euch nicht gesagt, daß wir Donna Dolores wiederfinden werden?« sprach Don Jaime.

Dominique bebte, sein Gesicht wurde leichenblaß.

»Herr,« sagte er, indem er gebeugten Hauptes aufstand, »verachtet mich, ich bin ein Elender.«

»Ein Elender, Ihr Dominique, bei Gott! Ihr lügt!«

»Nein, Herr, ich sage die Wahrheit, ich habe meine Pflicht verkannt, meinen Freund verrathen, Eure Rathschläge vergessen;« er seufzte tief und fügte leise hinzu: »Ich liebe die Braut meines Freundes.«

Der Abenteurer richtete seinen klaren Blick mit unbeschreiblichem Ausdruck auf ihn.

»Ich wußte es,« antwortete er.

Domingo schauderte und sich rasch aufrichtend, rief er gänzlich niedergeschmettert:

»Ihr wußtet es?«

»Ja, ich wußte es,« wiederholte Don Jaime.

»Und Ihr verachtet mich nicht?«

»Weshalb? Ist man Herr seiner Gefühle?«

»Aber sie ist die Braut des Grafen, meines Freundes!«

Der Abenteurer antwortete nicht auf diesen Ausruf.

»Und liebt sie Euch?« begann er wieder.

»Oh! wie soll ich das wissen?« erwiderte er, »ich habe es kaum mir selbst zu gestehen gewagt.«

Es herrschte ein langes Schweigen.

Indem der Abenteurer fortfuhr, sich umzukleiden, prüfte er den jungen Mann verstohlen.

»Der Graf liebt Donna Dolores nicht,« sagte er endlich.

»Wie? wäre es möglich!« rief Jener feurig aus.

Don Jaime brach in Lachen aus.

»So sind die Liebenden!« versetzte er, »sie begreifen nicht, daß Andere nicht mit denselben Augen sehen wie sie.«

»Aber er soll sie heirathen.«

»Er *soll*,« sagte er, das Wort absichtlich betonend.

»Ist er nicht allein zu diesem Zweck nach Mexiko gekommen?«

»Allerdings.«

»Ihr seht also, daß er sie heirathen wird.«

Der Abenteurer zuckte die Achseln.

»Euer Schluß ist absurd,« entgegnete er, »weiß der Mensch jemals, was er thun wird? – ist er Herr selbst des nächsten Tages?«

»Aber seitdem das Unglück über die Familie Donna Dolores' und über sie selbst hereingebrochen ist, versucht er das Unmögliche, um das junge Mädchen zu retten.«

»Das beweist, daß der Graf ein vollkommener Edelmann und ein Ehrenmann ist, weiter nichts; überdies ist er ihr Verwandter und er thut seine Pflicht, indem er sie zu retten versucht, selbst mit Gefahr seines Lebens und seines Vermögens.«

Dominique zuckte mehrmals die Schultern.

»Er liebt sie,« sagte er.

»So drehe ich den Satz um, Donna Dolores liebt ihn nicht.«

»Ihr glaubt.«

»Ich bin dessen sicher.«

»Oh! wenn ich mich überzeugen könnte, würde ich hoffen.«

»Ihr seid ein Kind; jetzt gehe ich, erwartet mich hier; überhaupt gebt mir Euer Wort, Euch nicht vor meiner Rückkehr zu entfernen.«

»Ich gebe es Euch.«

»Wohlan, ich werde für Euch arbeiten, hoffet; auf baldiges Wiedersehen.«

Und ihm ein letztes Lebewohl mit der Hand winkend, entfernte sich der Abenteurer durch einen Seitengang.

Der junge Mann blieb träumerisch stehen, so lange die sich entfernenden Schritte seines Freundes sein Ohr erreichten, dann sank er wieder auf das Pelzlager nieder und murmelte mit leiser Stimme:

»Er hat mir zu hoffen erlaubt.«

Wir werden hier Dominique seinen Reflexionen überlassen, die, seinem Gesichtsausdruck nach zu urtheilen, angenehm sein mußten, und Don Jaime auf seiner abenteuerlichen Expedition folgen.

Die unterirdische Wohnung lag ungefähr eine halbe Meile von der Stadt entfernt, Don Jaime mußte also etwas länger als eine halbe Stunde seinen Weg unter der Erde fortsetzen, bevor er Puebla erreichte.

Aber dieser etwas weite Weg schien ihn nicht zu beunruhigen, er ging raschen Schrittes durch den Gang, der durch unbemerkbare Spalten hinreichendes Licht empfing, um sich leicht inmitten der unzähligen Krümmungen, die er zu machen genöthigt war, zurecht zu finden.

Nach Dreiviertelstunden gelangte er endlich an eine Treppe, die aus fünfzehn Stufen bestand.

Der Abenteurer stand einen Augenblick still, um Athem zu schöpfen, dann ging er hinauf.

Sobald er die höchste Stufe der Treppe erreicht hatte, suchte er nach einer Feder, die er bald fand, drückte mit dem Finger darauf, und sogleich löste sich ein ungeheurer Stein aus der Mauer, drehte sich in unsichtbaren Angeln und es öffnete sich ein ziemlich breiter Raum. Don Jaime ging hinaus und ließ den Stein wieder zurückfallen, der sogleich seine erste Lage wieder einnahm, und sich so vollkommen schloß, daß man selbst mit der größten Aufmerksamkeit nicht die geringste Spaltung in der Mauer wahrnehmen konnte.

Don Jaime schaute prüfend um sich, er war allein.

Der Ort, an dem er sich befand, war eine Kapelle der Hauptkirche von Puebla; die geheime Pforte, welche den Abenteurer eingelassen, öffnete sich in einem Winkel dieser Kapelle, welcher durch einen Beichtstuhl verdeckt war.

Die Vorsichtsmaßregeln waren so gut getroffen, daß man keine Gefahr lief, entdeckt zu werden.

Don Jaime verließ die Kirche und befand sich auf der Plaza Mayor.

Es war gegen Mittag, die Zeit der Siesta, der Platz beinahe leer.

Der Abenteurer schlug seine Capuze über die Augen nieder, verbarg seine Hände in seinen Aermeln, und ging gesenkten Hauptes, mit ruhigem und gemessenem Schritt schräg über den Platz in eine der auf denselben mündenden Straßen.

So gelangte Olivier an das Thor eines reizenden Hauses, welches sich, zwischen Hof und Garten erbaut, aus einem Bouquet von Orangen- und Granatblüthen zu erheben schien.

Das Thor war nur durch einen Riegel verschlossen; der Abenteurer zog ihn zurück, trat ein und schob ihn wieder vor.

Er befand sich in einer mit Sand bestreuten Allee, die einen Bogengang bildete und zu der Thür des um einige Stufen höher liegenden Hauses führte, vor welchem sich nach mexikanischer Sitte eine breite Veranda hinzog.

Olivier blickte spähend um sich, der Garten war leer.

Er schritt weiter, aber anstatt nach dem Hause zu lenken, trat er in eine Seitenallee ein und gelangte nach einigen Umwegen vor eine Nebenthür, die wahrscheinlich für die Dienerschaft bestimmt war.

Dort angelangt, zog er eine silberne Pfeife hervor, die er an einer feinen goldenen Kette um seinen Hals trug, und ließ einen sanft modulirten Ton erschallen.

Sogleich antwortete ein ähnlicher Pfiff aus dem Innern des Gebäudes, die Thür wurde geöffnet und ein Mann erschien.

Der Abenteurer machte diesem Manne das Zeichen der Freimaurer, dieser antwortete ihm auf die gleiche Weise und folgte ihm in das Haus.

Schweigend führte er ihn durch mehre Gemächer; endlich an einer Thür angelangt, öffnete er dieselbe und ließ den Abenteurer eintreten, worauf er sie hinter ihm schloß und draußen blieb.

Das Zimmer, in welchem der Abenteurer sich befand, war elegant meublirt, breite, vor den Fenstern befindliche Rouleaux hielten die Sonnenstrahlen ab, der Boden war mit einer jener weichen Matten bedeckt, wie nur die Indianer sie zu verfertigen wissen, eine Hängematte von Aloegarn, an silbernen Ringen befestigt, die an eben solchen Krampen hingen, theilte das Gemach in zwei Hälften.

In dieser Hängematte lag ein Mann ausgestreckt in festem Schlafe.

Dieser Mann war Don Melchior de-la-Cruz; neben ihm auf einem niedrigen Holztisch lag ein Messer mit silbernem Griff und langer, scharfer Klinge, neben zwei prächtigen sechsläufigen Revolvern, französisches Fabrikat, auf deren Lauf der Name Dévisme eingravirt war.

Selbst mitten in Puebla, in seinem eigenen Hause hielt es Don Melchior für nothwendig, sich gegen einen Ueberfall oder Verrath zu schützen.

Uebrigens hatten seine Befürchtungen nichts Ungewöhnliches, denn der Mann, der sich in diesem Augenblick vor ihm befand, konnte mit gutem Recht für einen seiner furchtbarsten Feinde gelten.

Der Abenteurer betrachtete ihn einige Secunden; dann schritt er mit unhörbaren Schritten auf die Hängematte zu.

Er nahm die Revolver, verbarg dieselben unter seinem Kleide, und nachdem er auch das Messer ergriffen hatte, berührte er leicht den Schläfer.

So leicht diese Berührung auch war, so reichte sie dennoch hin, Don Melchior aus dem Schlafe zu wecken.

Er schlug sogleich die Augen auf und streckte mechanisch den Arm nach dem Tische aus.

»Es ist unnöthig,« sagte Olivier kalt zu ihm, »die Waffen sind nicht mehr dort.«

Bei dem Tone dieser wohlbekannten Stimme, schnellte Don Melchior wie durch eine Feder in die Höhe und starrte mit verstörtem Blick den vor ihm unbeweglich stehenden Mann an.

»Wer seid Ihr?« fragte er mit vor Schreck erstickter Stimme.

»Habt Ihr mich denn nicht schon erkannt?« antwortete spöttisch der Abenteurer.

»Wer seid Ihr?« wiederholte er.

»Ah! Ihr wollt Gewißheit, sei es, blicket mich an!« und er warf sein Capuchon zurück.

»Don Adolfo!« murmelte der junge Mann dumpf.

»Weshalb dieses Erstaunen?« versetzte der Abenteurer noch immer in spottendem Tone; »erwartetet Ihr mich nicht? mußtet Ihr nicht vermuthen, daß ich Euch aufsuchen würde.«

Don Melchior blieb eine Weile in Gedanken versunken.

»Sei es,« sagte er endlich; »nach Allem ist es besser, ein für alle Mal zu Ende zu kommen.«

Und er drehte sich herum und setzte sich anscheinend ruhig und sorglos auf den Rand der Hängematte.

Olivier lächelte.

»Nun,« sagte er, »es ist mir lieber, Euch so zu sehen; plaudern wir, wir haben Zeit.«

»Ihr kommt also zu dem Zweck, mich zu ermorden,« sagte Jener.

»Oh! welch' schlechten Gedanken habt Ihr da, theurer Herr! Ich sollte Euch nach dem Leben trachten! Oh, nein, Gott bewahre mich davor, das ist die Sache des Henkers, ich würde mich wohl hüten, in die Fußtapfen dieses schätzbaren Beamten zu treten.«

»Thatsache ist,« rief Don Melchior hochmüthig, »daß Ihr Euch bei mir wie ein Missethäter unter einer Verkleidung eingeführt habt, ohne Zweifel, um mich zu ermorden.«

»Ihr wiederholt Euch, das ist ungeschickt; wenn ich verkleidet zu Euch kam, so geschah es, weil die Umstände diese Vorsicht forderten; überdies bin ich nur Eurem Beispiele gefolgt;« und indem er plötzlich seinen Ton änderte, setzte er hinzu: »Apropos, seid Ihr von Juarez befriedigt? Hat er Euch Euren Verrath gut bezahlt? Ich habe gehört, daß er ein ziemlich geiziger und filziger Indianer sein soll; er wird sich begnügt haben, Euch Versprechungen zu machen, nicht wahr?«

Don Melchior lächelte verächtlich.

»Seid Ihr deshalb auf so geheimnißvolle Weise zu mir gekommen, um diese Armseligkeiten zu sagen?« gab er zur Antwort.

Der Abenteurer richtete sich auf, ergriff mit jeder Hand einen Revolver, trat auf ihn zu und ihn mit unbeschreiblicher Verachtung messend, rief er mit donnernder Stimme:

»Nein, Elender, ich bin gekommen, um Euch niederzuschießen, wenn Ihr mir nicht sagt, was Ihr mit Eurer Schwester Donna Dolores gemacht habt!«

II.

Die Gefangenen.

Es herrschte einige Secunden ein drohendes Schweigen.

Die beiden Männer standen einander gegenüber und maßen sich mit den Blicken.

Don Melchior war es, der zuerst das Schweigen brach.

»Ah! ah! ah!« lachte er hönisch, indem er wieder auf den Rand seiner Hängematte zurücksank. »Hatte ich denn so großes Unrecht, als ich behauptete daß Ihr hier her gekommen seid, um mich zu ermorden?«

Der Abenteurer biß sich ärgerlich auf die Lippen und steckte die unglücklichen Revolver ein.

»Nun,« rief er mit vibrirender Stimme, »ich wiederhole Euch, daß ich Euch nicht tödten werde, Ihr seid nicht werth, von der Hand eines rechtschaffenen Menschen zu sterben; aber ich werde Euch zu zwingen wissen, mir die Wahrheit zu gestehen.«

Der junge Mann blickte ihn mit seltsamem Ausdruck an.

»Versuchet es!« sagte er verächtlich die Schultern zuckend.

Darauf begann er nachlässig eine feine Cigarette aus Maisstroh zwischen seinen Fingern zu drehen, zündete sie an und ließ gegen die Decke eine bläuliche, wohlriechende Rauchwolke ausströmen.

»Wohlan,« fuhr er fort, »ich warte auf Euch.«

»Gut; meine Vorschläge sind folgende: da Ihr mein Gefangener seid, so werde ich Euch Eure Freiheit nicht eher wiedergeben, als bis Ihr Donna Dolores nicht mir, sondern dem Grafen de-la-Saulay zugeführt habt, der sie ungesäumt heirathen soll.«

»Hm! dies ist zu überlegen Herr; Ihr seht ein, daß ich der rechtmäßige Vormund meiner Schwester bin.«

»Wie, ihr Vormund?«

»Ja, da mein Vater todt ist.«

»Don Andrès de-la-Cruz ist todt?« rief der Abenteurer und sprang auf.

»Leider ja,« erwiderte der junge Mann, indem er heuchlerisch die Augen gen Himmel erhob; »wir haben den Kummer gehabt, ihn vorgestern Abend zu verlieren, gestern Morgen ist er beerdigt worden. Der arme Greis ist den schrecklichen Leiden, die über unsere Familie hereingebrochen sind, unterlegen, der Schmerz hat sein Herz gebrochen; sein Ende ist sehr rührend gewesen.«

Es herrschte eine tiefe Stille; Olivier ging im Zimmer auf und nieder. Plötzlich blieb er vor dem jungen Manne stehen.

»Ohne Umschweife,« sagte er zu ihm, »wollt Ihr Eurer Schwester die Freiheit wiedergeben, ja oder nein?«

»Nein!« antwortete Don Melchior entschlossen.

»Gut,« erwiderte der Abenteurer, »um so schlimmer für Euch.«

In diesem Augenblick ging die Thür auf und ein junger, elegant gekleideter Mann trat in das Zimmer.

Bei dem Anblick dieses jungen Mannes schwebte ein schlaues Lächeln über Don Melchior's Gesicht.

»Ah!« sagte er zu sich selbst, »die Dinge könnten sich doch anders gestalten, als dieser theure Don Adolfo vermuthet.«

Der junge Mann grüßte höflich und näherte sich dem Herrn des Hauses, mit welchem er einen Händedruck austauschte.

»Ich störe Euch wohl,« fragte er, indem er einen gleichgültigen Blick auf den Mönch warf.

»Im Gegentheil, lieber Don Diego, Ihr konntet zu keiner gelegeneren Zeit kommen; aber welcher Zufall führt Euch zu so ungewöhnlicher Stunde her?«

»Ich komme, um Euch eine gute Nachricht zu bringen. Der Graf de-la-Saulay, Euer besonderer Feind, ist in unserer Gewalt; da er jedoch Franzose ist und man gewisse Rücksichten deshalb nehmen muß, so hat der General beschlossen, ihn unter guter Escorte zu unserm erlauchten Präsidenten zu schicken. Eine andere gute Nachricht ist die, daß Ihr mit der Führung dieser Escorte betraut seid.«

»Demonios!« rief Don Melchior triumphirend aus, »Ihr seid ein braver Freund. Aber jetzt hört auch mich: betrachtet diesen Mönch genau, erkennt Ihr ihn nicht, nein? Nun, dieser Mann ist kein Anderer, als jener Abenteurer, der sich Don Adolfo, Don Olivier, Don Jaime, wie weiß ich noch nennt, und der uns seit so langer Zeit vergeblich verfolgte.«

»Wäre es möglich?« rief Don Diego.

»Es ist die Wahrheit,« versetzte Don Adolfo.

»Noch bevor eine Stunde vergeht, werdet Ihr als Verräther und Bandit erschossen werden,« rief Don Melchior.

Don Adolfo zuckte verächtlich die Achseln.

»Es ist richtig, daß dieser Mann erschossen werden wird,« bemerkte Don Diego, »aber dem Präsidenten allein kommt es zu, sein Schicksal zu bestimmen; er behauptet, ein Franzose zu sein.«

»Ah! was, alle diese Dämonen gehören wohl dieser verdammten Nation an?« rief Don Melchior außer Fassung gebracht.

»Meiner Treu! das weiß ich Euch nicht zu sagen; da indessen dieser Mann ein sehr lästiger Gefährte ist und Euch vielleicht hinderlich sein könnte, so werde ich ihn mit einer besondern Escorte zu dem Präsidenten führen.«

»Nein, nein, wenn Ihr mir gefällig sein wollt, so verzichtet Ihr darauf, ich gedenke ihn im Gegentheil selbst mitzunehmen; seid unbesorgt, ich werde solche Vorsichtsmaßregeln treffen, daß er sehr schlau sein müßte, wenn er mir entschlüpfen sollte; allein es wäre gut, ihn zu entwaffnen.«

Der Abenteurer übergab schweigend seine Waffen an Don Diego.

In diesem Augenblick trat ein Diener ein und meldete, daß die Escorte auf der Straße warte.

»Es ist gut,« sagte Don Melchior, »so laßt uns aufbrechen.«

Der Diener reichte seinem Herrn eine Machete, ein paar Pistolen und eine Zarape, und schnallte ihm die Sporen an.

»Nun laßt uns gehen,« befahl Don Melchior.

»Wohlan, Sennor Don Adolfo, oder wie sonst Euer Name ist,« sprach Don Diego, »seid so gut, voran zu gehen.«

Der Abenteurer gehorchte schweigend.

Fünfundzwanzig bis dreißig Soldaten in etwas phantastischer, größtentheils zerlumpter Tracht, und eher Banditen, als ehrlichen Soldaten ähnlich, harrten ihrer auf der Straße.

Diese Soldaten waren sämmtlich gut beritten und bewaffnet.

In ihrer Mitte befand sich der Graf de-la-Saulay und seine beiden Diener, die streng überwacht wurden; ein Lächeln der Freude verklärte das Gesicht Don Melchior's bei dem Anblick des Edelmanns; dieser dagegen that, als bemerke er seine Anwesenheit nicht.

Für Don Adolfo war ein Pferd bereit, auf einen Wink Don Diego's schwang er sich in den Sattel und ritt an die Seite des Grafen, mit dem er einen herzlichen Händedruck austauschte.

»Nun, mein Freund,« wandte sich Don Diego zu Don Melchior, der bereits im Sattel saß, »glückliche Reise! Ich kehre nach dem Gouvernement zurück.«

»So lebt wohl!« entgegnete Don Melchior, und die Escorte setzte sich in Marsch.

Es war ungefähr zwei Uhr Nachmittags. Die größte Hitze des Tages war vorüber, die Läden wurden wieder geöffnet, und die auf ihren Thürschwellen stehenden Kaufleute betrachteten gähnend die vorüberziehenden Soldaten.

Don Melchior ritt der Truppe um einige Schritte voraus; seine Haltung war kalt und abgemessen, er suchte vergeblich seine Freude zu unterdrücken, die er darüber empfand, endlich seine unversöhnlichsten Feinde in seiner Gewalt zu haben.

Man befand sich bereits seit längerer Zeit außerhalb der Stadt, als der Lieutenant, welcher die Escorte befehligte, sich Don Melchior näherte.

»Unsere Leute sind ermüdet,« sagte er zu ihm, »es wird Zeit sein, ein Lager für die Nacht aufzuschlagen.«

»Ich bin es zufrieden,« antwortete dieser, »vorausgesetzt, daß es an einem sichern Orte geschieht.«

»Einige Schritte von hier,« erwiderte der Lieutenant, »kenne ich einen verlassenen Rancho, der uns vollkommen Schutz bietet.«

»So laßt uns dahin gehen.«

Der Lieutenant kehrte zu der Truppe zurück und bald darauf schlugen die Soldaten einen kaum passirbaren Weg ein, der durch ein dichtes Gehölz führte.

Nach ungefähr Dreiviertelstunden erreichten sie einen weiten Platz, in dessen Mitte sich der verheißene Rancho erhob.

Der Offizier gab Befehl, abzusteigen.

Die Soldaten gehorchten eifrig: sie schienen nach ihren Strapazen der Ruhe sehr zu bedürfen.

Nachdem Don Melchior vom Pferde gestiegen war, trat er in den Rancho, um die innere Beschaffenheit desselben in Augenschein zu nehmen.

Aber kaum hatte er den Fuß hineingesetzt, so wurde er unvermuthet ergriffen, in eine Zarape gewickelt, gebunden und geknebelt, bevor er Zeit gewann, eine unnütze Vertheidigung zu versuchen.

Nach einigen Minuten vernahm er Säbelgeklirr und das Geräusch sich entfernender Schritte außerhalb des Rancho, die Soldaten oder wenigstens ein Theil derselben hatte ihn verlassen, ohne sich weiter um ihn zu bekümmern.

Fast gleich darauf wurde er bei den Füßen und den Schultern gefaßt, von der Erde aufgehoben und fortgetragen. Nach einigen raschen Schritten schien es ihm, als würde er eine Treppe hinabgetragen, die sich unter der Erde befand. Ungefähr zehn Minuten darauf wurde er sanft auf ein weiches Bett niedergelegt, welches, wie er vermuthete, aus Pelzwerk bestand, und man ließ ihn allein.

Eine tiefe Stille umgab den Gefangenen, er war wirklich allein.

Endlich ließ sich ein leichtes Geräusch vernehmen; dasselbe kam näher und wurde stärker, mehre Personen, deren Schritte auf dem Sande knirschten, schienen sich ihm zu nähern.

Plötzlich hörte das Geräusch auf.

Der junge Mann fühlte, daß er wieder aufgehoben und weiter getragen wurde.

Dies dauerte eine ziemlich lange Zeit, seine Träger wechselten sich zuweilen ab.

Endlich machte man von Neuem Halt; an der frischen Luft, welche sein Gesicht berührte, bemerkte der Gefangene, daß man den unterirdischen Gang verlassen hatte und daß er sich im freien Felde befand.

Man legte ihn auf die Erde nieder.

»Laßt den Gefangenen frei,« sagte eine Stimme, dessen trockener Ton dem jungen Mann auffiel.

Sogleich wurden seine Banden gelöst, sein Knebel und die über seinen Augen befindliche Binde entfernt.

Don Melchior sprang auf und blickte um sich.

Der Ort, an dem er sich befand, war der Gipfel eines ziemlich hohen, in einer weiten Ebene befindlichen Hügels. Die Nacht war finster, ein wenig zur Rechten leuchteten in der Ferne die Häuser Puebla's wie Sterne.

Der junge Mann bildete den Mittelpunkt einer bedeutenden Anzahl Männer, die einen Kreis um ihn geschlossen hatten.

Diese Männer trugen Masken; jeder von ihnen hielt eine Pechfackel in der Hand, deren durch den Wind bewegte Flamme mit ihrem blutigen Schein die Abhänge der Landschaft beleuchtete und ihr einen phantastischen Anstrich verlieh.

Don Melchior erbebte, ein Schauder des Schreckens durchrieselte seinen Körper; er erkannte, daß er in der Gewalt der Mitglieder jener geheimnißvollen Freimaurerverbindung war, zu welcher er selbst gehörte und deren Zweige sich über das ganze mexikanische Gebiet ausdehnen.

Es herrschte eine so tiefe Stille auf dem Hügel, daß die Männer in ihrer kalten Unbeweglichkeit Statuen zu gleichen schienen und Don Melchior den raschen Schlag seines Herzens vernehmen konnte.

Da trat ein Mann einige Schritte auf ihn zu.

»Don Melchior de-la-Cruz,« sagte er, »wißt Ihr, wo Ihr seid und in wessen Gegenwart Ihr Euch befindet?«

»Ich weiß es,« erwiderte er mit gepreßten Lippen.

»Erkennt Ihr Euch dem Urtheil der Männer, von denen Ihr umgeben seid, unterworfen?«

»Ja, weil sie die Gewalt in den Händen haben, und weil jeder Widerstand und jede Verwahrung meinerseits, eine Thorheit sein würde.«

»Nun, nicht aus diesem Grunde seid Ihr dem Urtheil dieser Männer unterworfen, und Ihr wißt es wohl,« erwiderte kalt der maskirte Mann, »sondern weil Ihr freiwillig ein Bündniß mit ihnen geschlossen habt, und indem Ihr das thatet, ihre Gesetze angenommen und ihnen das Recht gegeben habt, sobald Ihr den geleisteten Schwur brecht, von ihnen gerichtet zu werden.«

Don Melchior zuckte verächtlich die Schultern.

»Wozu sollte ich eine vergebliche Vertheidigung versuchen,« sagte er, »bin ich nicht im Voraus verurtheilt! So führt den Richterspruch aus, den Ihr bereits in Eurem Innern über mich verhängt habt.«

Der maskirte Mann schleuderte ihm einen flammenden Blick zu.

»Don Melchior,« begann er von Neuem mit harter und tief accentuirter Stimme, »Ihr erscheint weder als Vater-, noch als Schwestermörder, noch als Räuber vor diesem Tribunal, ich wiederhole es Euch, sondern als Vaterlandsverräther, und ich fordere Euch auf, Euch zu vertheidigen.«

»Und ich will es nicht,« antwortete er mit lauter und fester Stimme.

»Es sei,« fuhr der Mann kalt fort, darauf steckte er seine Fackel in den Boden und wandte sich zu den Umstehenden.

»Brüder,« sprach er, »welche Strafe hat dieser Mann verdient?«

»Den Tod,« antworteten einstimmig die maskirten Männer.

Don Melchior blieb unbewegt.

»Ihr seid zum Tode verurtheilt,« wiederholte Derjenige, der bis jetzt das Wort geführt hatte, »das Urtheil wird hier vollzogen werden, Ihr habt eine halbe Stunde Zeit, um Euch vorzubereiten, vor Gott zu erscheinen.«

»Auf welche Weise soll ich sterben?« fragte nachlässig der junge Mann.

»Durch den Strang.«

»Dieser Tod ist eben so gut, wie jeder andere,« versetzte in ironischem Tone der junge Mann.

»Wir haben nicht das Recht, die Seele mit dem Körper zu tödten,« fing der Mann von Neuem an; »ein Priester wird Eure Beichte hören.«

»Habt Dank,« entgegnete Don Melchior lakonisch.

Der Mann blieb noch einen Augenblick vor Don Melchior stehen, als hätte er eine andere Antwort von ihm erwartet, als er aber bemerkte, daß jener schwieg, ergriff er seine Fackel wieder, trat zwei Schritte zurück, schwenkte sie mehrmals und löschte sie zu seinen Füßen aus.

Auch die übrigen Fackeln erloschen in demselben Augenblick; ein leichtes Rauschen trockener Blätter und zerbrochener Zweige ließ sich vernehmen, dann war Alles still.

Don Melchior war allein.

Indessen täuschte sich der junge Mann nicht über diese scheinbare Einsamkeit, er wußte, daß seine Feinde, obwohl unsichtbar, fortfuhren, ihn zu überwachen.

So verhärtet die Seele des Menschen auch sein mag, so groß auch seine Energie ist, selbst wenn er schon hundertmal dem Tode getrotzt haben mag, so kann er, wo er mit zwanzig Jahr sich kaum auf der Schwelle des Lebens befindet und die Zukunft ihm durch das bezaubernde Prisma der Jugend lächelt, nicht vollkommen gleichgültig vom Leben zum Tode übergehen, ohne eine plötzliche Entnervung aller geistigen Kräfte und eine entsetzliche Todesangst zu empfinden, hauptsächlich, wenn in voller Kraft und Jugend der Tod plötzlich über ihn hereinbricht, welcher ihm den Stempel der Schande aufdrückt.

So litt denn auch Don Melchior, trotz seines Muthes und seiner Willenskraft, eine entsetzliche Todesqual; an jedem seiner Haare, welche das Entsetzen auf seinem Kopfe emporsträubte, perlte ein kalter Schweißtropfen, seine Züge waren furchtbar verzerrt und eine leichenartige, erdfahle Blässe bedeckte sein Gesicht.

In diesem Augenblick legte sich eine Hand sanft auf seine Schulter. Er schauderte, als habe ihn ein electrischer Schlag getroffen, und hob rasch den Kopf in die Höhe.

Ein Mönch stand vor ihm, das herabgelassene Capuchon bedeckte sein Gesicht.

»Ah!« sagte er und erhob sich, »da ist der Priester.«

»Ja,« entgegnete dieser mit leiser aber vollkommen deutlicher Stimme, »kniee nieder, mein Sohn, ich will Deine Beichte hören.«

Der junge Mann bebte bei dem Tone dieser Stimme, die ihm bekannt zu sein schien, seine Blicke hafteten feurig und fragend auf dem vor ihm stehenden Mönch.

Dieser kniete nieder und winkte ihm, es eben so zu machen. Don Melchior gehorchte mechanisch.

Diese beiden, auf dem Gipfel des kahlen Hügels knieenden Männer, schwach beleuchtet durch den zitternden Schein der Laterne, welche die Finsterniß, die sie von allen Seiten umgab, noch düsterer erscheinen ließ, boten ein seltsames und ergreifendes Schauspiel dar.

»Man überwacht uns,« sprach der Mönch; »beherrschet die Züge Eures Gesichts und hört mich an, wir haben keinen Augenblick zu verlieren; erkennt Ihr mich?«

»Ja,« flüsterte Don Melchior, der, einen Freund an seiner Seite fühlend, sich unwillkürlich an die Hoffnung klammerte, das Gefühl, welches zuletzt in dem Herzen des Menschen erstirbt, »Ihr seid Don Antonio de-Cacerbar.«

»Angethan mit den Kleidern, die ich in diesem Augenblick trage,« fuhr Don Antonio fort, »war ich im Begriff nach Puebla zu gehen, als ich plötzlich von maskirten Männern umgeben wurde, die mich fragten, ob ich ein geweihter Priester sei. Auf meine bejahende Antwort, welche ich ganz zufällig gegeben, um mein Incognito nicht zu brechen, da dies mein einziger Schutz gegen meine Feinde ist, nahmen mich die Männer mit und führten mich hier her. Ich habe Eurer Verurtheilung beigewohnt, indem ich für mich selbst zitterte, wenn ich durch diese Männer erkannt wäre, denen ich das erste Mal bereits nur durch ein Wunder entschlüpfte; aber was auch geschehen möge, ich bin entschlossen, Euer Schicksal zu theilen. Habt Ihr Waffen?«

»Nein, was sollten mir auch Waffen gegen eine so beträchtliche Anzahl Feinde?«

»Um tapfer Euer Leben zu vertheidigen und ehrlich zu fallen, anstatt schimpflich gehängt zu werden.«

»Ihr habt Recht!« rief der junge Mann.

»Schweigt, Unglücklicher,« sagte Don Antonio rasch, »nehmt diesen sechsläufigen Revolver und diesen Dolch; ich habe dasselbe für mich.«

»Seid unbesorgt,« erwiderte Don Melchior, indem er die Waffen an seine Brust drückte, »jetzt fürchte ich sie nicht mehr.«

»Gut, so wollte ich Euch sehen; doch hört noch dies: Zur Rechten unten am Hügel erwarten uns gesattelte Pferde, wenn es uns gelingt, sie zu erreichen, sind wir gerettet.«

»Wie es auch kommen mag, Don Antonio, habt Dank, wenn es Gottes Wille ist, daß wir entkommen …«

»Versprecht mir nichts,« unterbrach ihn lebhaft Don Antonio, »es wird später Zeit sein, unsere Rechnung abzuschließen.«

Der Mönch ertheilte seinem Beichtkinde die Absolution.

Einige Minuten verflossen; endlich erhob sich Don Melchior, seine Haltung war stolz und sicher, er war gewiß, nicht ungerächt zu sterben.«

Plötzlich umringten die maskirten Männer von Neuem den Gipfel des Hügels.

Der, welcher bis dahin allein gesprochen hatte, näherte sich dem Verurtheilten, neben welchen sich Don Antonio gestellt hatte, wie um ihn in seinen letzten Augenblicken zu ermahnen.

»Seid Ihr bereit?« fragte der Unbekannte.

»Ich bin es,« antwortete Don Melchior kalt.

»Richtet den Galgen auf und zündet die Fackeln an,« befahl der Mann.

Darauf trat eine große Bewegung in der Menge ein, es herrschte eine augenblickliche Verwirrung; die Eingeweihten waren so vollkommen überzeugt, daß dem Verurtheilten jede Flucht unmöglich sei, auch war es so wenig wahrscheinlich, daß er sich seinem Schicksal zu entziehen suchen würde, daß sie einige Minuten ihre Wachsamkeit aufgaben.

Don Melchior und sein Freund benutzten diesen Moment der Unachtsamkeit.

»Kommt,« rief Don Antonio, indem er den ihm zunächststehenden Mann zu Boden stieß, »folgt mir.«

»Vorwärts!« wiederholte Don Melchior kühn, indem er sich mit seinem Revolver bewaffnete und seinen Dolch ergriff.

Sie stürzten mitten durch die Menge, theilten rechts und links Schläge aus und bahnten sich einen Weg mit dem Dolch in der einen, dem Revolver in der andern Hand.

Wie alle verzweifelte Handlungen, so gelang auch diese eben wegen ihrer Thorheit; es herrschte eine furchtbare Verwirrung, ein großartiger Kampf fand zwischen den so unvermuthet überfallenen Eingeweihten und den beiden Männern statt, die entschlossen waren, zu fliehen oder mit den Waffen in der Hand zu sterben. Dann vernahm man den rasenden Galopp zweier Pferde und eine spöttische Stimme, die von Weitem rief:

»Auf Wiedersehen!«

Don Melchior und Don Antonio flohen mit Windeseile auf dem Wege nach Puebla dahin.

Jede Hoffnung, sie zu erreichen, war vergeblich; übrigens hatten sie eine blutige Spur hinter sich gelassen; zehn Leichname lagen auf der Erde.

»Halt!« rief Don Adolfo denen zu, die auf ihre Pferde zustürzten, »laßt sie fliehen, Don Melchior ist verurtheilt, sein Tod ist gewiß; aber,« setzte er hinzu, »wer war dieser verdammte Mönch?«

Leo Carral, der Haushofmeister, neigte sich zu ihm und flüsterte:

»Den Mönch habe ich wieder erkannt, es ist Don Antonio de Cacerbar.«

»Ah!« antwortete er zornig, »wieder dieser Mensch!«

Einige Minuten später ritt eine Cavalcade von ungefähr zehn Männern in raschem Trabe der Hauptstadt Mexiko's zu.

An der Spitze dieser Cavalcade befand sich Don Jaime oder Olivier, oder Adolfo, wie der Leser ihn zu nennen belieben mag.

III.

Don Diego.

Fest entschlossen, sich um jeden Preis des Vermögens seines Vaters zu bemächtigen, welches ihm die Heirath seiner Schwester für immer zu entreißen drohte, hatte sich Don Melchior, ohne Scheu vor der Gefahr in die Politik gestürzt, indem er inmitten der Parteien, die seit langer Zeit das Land zerrissen, Gelegenheit zu finden hoffte, seinen Ehrgeiz und seine Habsucht zu befriedigen.

Mit einem energischen Charakter und großer Intelligenz begabt, ohne Zögern und ohne Gewissensbisse von einer Partei zur andern übergehend, je nach den Vortheilen, die ihm geboten wurden, immer bereit Demjenigen zu dienen, der ihm am Meisten bezahlte, war es ihm gelungen, sich zum Herrn wichtiger Geheimnisse zu machen, wodurch er bei Allen gefürchtet ward, und selbst bei den Befehlshabern der Parteien, denen er nach der Reihe gedient, sich ein gewisses Ansehen erworben hatte. Als Spion der vornehmen Leute wußte er überall einzudringen, und sich mit allen Brüderschaften und geheimen Gesellschaften zu verbinden, da er im höchsten Grade das so beneidete Talent der renommirtesten Diplomaten besaß: auf das Natürlichste die widerstrebendsten Gefühle und Meinungen kund zu geben. So hatte er sich in die geheime Gesellschaft *Einigkeit* und *Macht* aufnehmen lassen, durch welche er später zum Tode verurtheilt werden sollte, mit dem im Voraus gefaßten Entschluß, die Geheimnisse dieser gefürchteten Verbindung zu verrathen, sobald sich eine günstige Gelegenheit dazu bieten würde. Don Antonio de-Cacerbar war kurze Zeit darauf als Mitglied in dieselbe Verbindung getreten.

Diese beiden Männer sollten einander vom ersten Augenblicke an verstehen. Bald vereinigte sie die innigste Freundschaft.

Es war zu Anfang ihres Bündnisses, als Don Antonio de-Cacerbar, der in Folge anonymer Enthüllungen des Verraths überführt, durch die geheime Gesellschaft verurtheilt und genöthigt worden, sein Leben gegen ein anderes Mitglied derselben zu vertheidigen, – unter den Degenstichen seines Gegners fiel und für todt auf dem Platze gelassen wurde, wo ihn Dominique, wie wir weiter oben berichtet haben, fand. Don Melchior, welcher unter der Maske dieser blutigen Execution von ferne beigewohnt hatte, beschloß, wenn es möglich sei, diesen Mann, der ihm so lebhafte Sympathien einflößte, zu retten. Nach dem Aufbruch seiner Gefährten war er so schnell als möglich herbei geeilt, in der Absicht, dem Verwundeten Hülfe zu bringen, aber er hatte ihn nicht mehr gefunden; der Zufall raubte ihm, indem er Dominique des Weges führte, zu seinem Bedauern die Gelegenheit an, Don Antonio seine Schuld abzutragen.

Später, als Don Antonio, halb geheilt, aus der Höhle, wo man ihn pflegte, entflohen war, hatten sich die beiden Männer wieder getroffen; diesmal glücklicher war es Don Melchior vorbehalten Don Antonio wichtige Dienste zu leisten.

Dieser hatte seinerseits mehrfach Gelegenheit gehabt, den jungen Mann aus dem geheimen Credit, über welchen er disponirte, Nutzen ziehen zu lassen.

Allein, wenn Don Antonio die Geschäfte seines Verbündeten, das Ziel, welches er erstrebte, und die Mittel, welche er, um es zu erreichen, anzuwenden gedachte, aus dem Grunde kannte, so war es mit Don Melchior nicht eben so in Bezug auf Don Antonio de-Cacerbar; dieser blieb für ihn ein unlösliches Räthsel. Obgleich der junge Mann schon mehrmals vergeblich versucht hatte, das Vertrauen seines Freundes und dadurch gewisse Vorrechte zu erlangen, so hoffte er dennoch, eines Tages das zu entdecken, was der Andere bisher zu verbergen strebte.

Der letzte Dienst, welchen Don Antonio ihm erwiesen hatte, indem er ihn so unvermuthet der erbitterten Justiz der Mitglieder der *Eintracht* und *Macht* entzog, hatte Don Melchior, einstweilen wenigstens, unter seine Abhängigkeit gestellt.

Don Antonio schien ein gewisses **ponti d'honneur** darin zu finden, Don Melchior nicht an die ungeheure Gefahr zu erinnern, aus welcher er ihn gerettet hatte; er fuhr fort, ihm zu dienen, wie er es bisher gethan hatte.

Die erste Sorge des jungen Mannes war, sobald er in Puebla angekommen, sich eiligst nach dem Kloster zu begeben, woselbst er seine Schwester untergebracht hatte; aber, wie ihm eine geheime

Ahnung sagte, fand er das Kloster leer, das junge Mädchen verschwunden.

Don Antonio hatte darüber nur einige Worte geäußert, aber dieselben enthielten eine furchtbare Beredtsamkeit.

»Nur die Todten entfliehen nicht,« bemerkte er.

Und Don Melchior hatte gesenkten Hauptes die Richtigkeit dieser Worte anerkennen müssen.

Alle Nachforschungen des jungen Mannes in Puebla waren vergeblich, Keiner konnte oder wollte ihm Aufklärung geben; die Superiorin des Klosters war stumm.

»So laßt uns nach Mexiko aufbrechen, dort werden wir sie finden, wenn sie nicht todt ist,« sagte Don Antonio zu ihm.

Sie reisten ab.

Welches Mittel Don Antonio anwendete, den Zufluchtsort Donna Dolores' zu entdecken, wissen wir nicht zu sagen, aber es ist gewiß, daß er Tage nach seiner Ankunft die Wohnung des jungen Mädchens kannte.

Verlassen wir auf einige Augenblicke diese beiden Männer, denen wir nur zu bald wieder begegnen werden, und berichten wir, auf welche Weise Donna Dolores befreit worden war.

Das junge Mädchen war auf Befehl Don Melchior's in ein Carmeliterinnenkloster gebracht worden.

Die Superiorin, welche Don Melchior vermittelst einer bedeutenden Summe und noch größerer Versprechungen für seine Interessen gewonnen hatte, sobald sie mit Eifer und Klugheit seine Pläne in Ausführung bringen würde, ließ keinen andern Besuch zu dem jungen Mädchen als den ihres Bruders. Es war Dolores verboten worden, Briefe zu schreiben, und diejenigen welche an sie gerichtet waren, wurden mitleidslos aufgefangen.

So verbrachte Dolores trübe und einsame Tage in einer engen Zelle, wo sie von allein Verkehr mit der Welt abgeschnitten, selbst nicht die Hoffnung hatte, daß ihr einst ihre Freiheit wiedergegeben werden würde; ihr Bruder hatte ihr in dieser Beziehung seinen Willen ausgesprochen: er verlangte, daß sie den Schleier nehmen sollte.

Dieses Mittel war das einzige, welches Don Melchior ersonnen, um seine Schwester zu zwingen ihm ihr Vermögen zu überlassen.

Indessen konnte Don Melchior, obwohl er sich zum Vormund seiner Schwester hatte ernennen lassen, sie nicht ohne eine Vollmacht des Gouverneurs in ein Kloster bringen, eine Vollmacht, die er sehr leicht erhielt und welche der Geheime Secretair seiner Excellenz Don Diego Izaguirre, der Oberin übergab, sobald das junge Mädchen in das Kloster gebracht wurde.

Am Abend des Tages, wo Don Melchior von Don Adolfo, den er für seinen Gefangenen hielt, so geschickt fortgeführt worden, klopften gegen neun Uhr drei in dichte Mäntel gehüllte Männer, auf schönen, kräftigen spanischen Pferden an die Klosterpforte.

Die Pförtnerin öffnete das in der Thür befindliche Schiebfenster, wechselte einige leise Worte mit einem der Reiter, welcher vom Pferde gestiegen war, und ohne Zweifel von der erhaltenen Antwort befriedigt, öffnete sie die Pforte, um den verspäteten Besucher einzulassen.

Dieser warf die Zügel seines Pferdes einem seiner Gefährten zu, und trat, während diese ihn draußen erwarteten, ein, worauf die Pforte sich wieder hinter ihm schloß.

Nachdem er mehre Corridore durchschritten, öffnete die Pförtnerin die Zelle der Aebtissin und meldete Don Diego Izaguirre, Geheimsecretair seiner Excellenz des Gouverneurs.

Nachdem Don Diego einige Begrüßungen und Complimente ausgetauscht hatte, zog er aus seinem Dolman ein gefaltetes versiegeltes Papier und überreichte es der Superiorin, welche es öffnete und rasch überflog.

»Sehr wohl, Sennor,« sagte sie; »ich bin bereit, Euch zu gehorchen.«

»Erinnern Sie sich wohl der Weisung, Madame, die ich Ihnen mitgetheilt habe und welche ich zu mich wiederholen, genöthigt sehe. Niemand, Madame,« und er betonte diese Worte absichtlich, »darf wissen, wie Donna Dolores das Kloster verlassen hat; dies ist von der höchsten Wichtigkeit.«

»Ich werde es nicht vergessen, Sennor.«

»Es steht Euch frei zu sagen, daß sie entflohen ist, jetzt wollen Sie die Güte haben, Donna Dolores benachrichtigen zu lassen, ich bitte darum.«

Die Superiorin ließ Don Diego in ihrer Zelle zurück und ging selbst, um Donna Dolores aufzusuchen.

Sobald der junge Mann allein war, zerriß er das Papier welches er der Aebtissin gezeigt hatte, in kleine Stückchen und warf sie in den Kamin, wo das Feuer sie augenblicklich verzehrte.

»Ich frage nichts darnach,« sagte Don Diego, indem er sie verbrennen sah, »ob der Gouverneur eines Tages bemerkt, mit welcher Vollkommenheit ich seine Handschrift nachahme, er könnte eifersüchtig darauf werden und er lächelte spöttisch.

Die Aebtissin kehrte nach kaum einer Viertelstunde zurück.

»Hier ist Donna Dolores,« sagte sie; »ich habe Ehre, sie Euren Händen zu übergeben.«

»Sehr wohl, Madame, ich hoffe, Ihnen bald beweisen, daß Seine Excellenz, sobald sich die Gelegenheit dazu bieten wird, die Personen zu belohnen weiß, die ihm ohne Zögern wie ohne Interesse gehorchen.«

Die Superiorin verneigte sich demüthig, indem sie die Augen gen Himmel erhob.

»Sind Sie bereit, Sennorita?« fragte Don Diego das junge Mädchen.

»Ja,« antwortete diese lakonisch.

»So haben Sie die Güte, mir zu folgen, ich bitte.«

»Gehen wir,« erwiderte sie, indem sie sich in ihren Mantel hüllte und ohne Abschied von der Aebtissin zu nehmen, voranging.

Sie verließen die Zelle und gelangten, von der Superiorin geführt, an die Pforte des Klosters. Die Aebtissin hatte die Vorsicht gehabt, unter einem leichten Vorwand die Pförtnerin zu entfernen; sie öffnete also selbst die Thür und sobald Don Diego und das junge Mädchen hinausgetreten waren, grüßte sie ein letztes Mal den Secretair des Gouverneurs, und schloß die Thür wieder, froh, von der Sorge befreit zu sein, die ihr die Anwesenheit Donna Dolores' verursacht hatte. »Sennorita,« wandte sich Don Diego ehrerbietig an das junge Mädchen, »wollen Sie die Güte haben und dieses Pferd besteigen?«

»Sennor,« antwortete sie mit trauriger, aber fester Stimme, »ich bin nur eine arme Waise ohne Vertheidigung; ich gehorche Euch, denn jeder Widerstand von meiner Seite wäre eine Thorheit, aber ...«

»Donna Dolores,« fiel ihr einer der Reiter in's Wort, »wir sind von Don Jaime gesandt.«

»Oh!« rief sie erfreut, »das ist die Stimme von Don Carlos.«

»Ja, Sennorita; beruhigt Euch also und zögert nicht länger, die Zeit drängt.«

Das junge Mädchen schwang sich leicht auf das Pferd Don Diego's.

»Nun, Sennores,« sagte der junge Mann, »bedürft Ihr meiner nicht mehr, lebt wohl und glückliche Reise!«

Sie sprengten wie der Wind dahin und bald waren sie in der Nacht verschwunden.

»Wie sie eilen,« lachte der junge Mann; »ich glaube, Don Melchior würde einige Mühe haben, sie einzuholen.«

Und sich fester in seinen Mantel hüllend, kehrte er zu Fuß in den Palast des Gouverneurs zurück, wo seine Wohnung war.

Die beiden Männer, welche Donna Dolores begleiteten, waren Dominique und Leo Carral.

Sie ritten die ganze Nacht hindurch.

Mit Anbruch des Tages erreichten sie einen verlassenen Rancho, wo mehre Personen sie erwarteten.

Donna Dolores erkannte mit Freuden unter ihnen Don Adolfo und den Grafen.

Jetzt von ihren ergebenen Freunden umgeben, hatte sie nichts mehr zu fürchten, sie war gerettet.

Die Reise entzückte sie, aber ihre Freude erreichte den höchsten Grad, als sie in Mexiko ankam und in Begleitung ihrer braven

Freunde das kleine Haus betrat, wo im Voraus Alles zu ihrer Ankunft vorbereitet war. Sie sank weinend in die Arme Donna Maria's und Donna Carmens.

Don Adolfo und seine Freunde entfernten sich, um den Damen Zeit zu lassen, ihre Herzen auszuschütten.

Um mehr in der Nähe über das junge Mädchen wachen zu können, ließ der Graf durch seinen Kammerdiener ein Haus miethen, welches in derselben Straße lag wie das, welches Donna Dolores bewohnte, und bot Dominique an, seine Wohnung mit ihm zu theilen, was dieser eifrig und dankbar annahm.

Um keinen Verdacht zu erregen und um die Aufmerksamkeit nicht auf das Haus der drei Damen zu lenken, wurde beschlossen, daß die jungen Leute nur höchst selten kurze Besuche abstatten sollten. Was Don Adolfo anbelangt, so hatte er, nachdem er das junge Mädchen zu seiner Schwester gebracht, das herumirrende Leben wieder begonnen und war von Neuem unsichtbar geworden. Zuweilen erschien er plötzlich bei einbrechender Nacht in dem Hause der jungen Leute, wo Leo Carral das Hauswesen leitete, indem er behauptete, da der Graf seine junge Herrin heirathen sollte, dieser sein Gebieter sei und er sich demnach als seinen Haushofmeister betrachte.

Um dem braven Diener keinen Kummer zu verursachen, hatte ihm der Graf seinen Willen gelassen.

Bei den seltenen Gelegenheiten, wo der Abenteurer erschien, plauderte er einige Zeit mit den Frauen über gleichgültige Dinge, worauf er sie wieder verließ, indem er ihnen Wachsamkeit anempfahl.

So vergingen mehre Tage. Donna Dolores hatte unter dem wohlthuenden Einflusse des Glücks ihre heitere Sorglosigkeit wiedergewonnen; sie und Carmen zwitscherten wie die Colibris vom Morgen bis zum Abend in allen Winkeln des Hauses; selbst Donna Maria unterlag dem Einfluß dieser so offenen, naiven Freude und erschien ganz verjüngt, ja zuweilen überraschte man ein heiteres Lächeln, welches ihre strengen Züge verklärte.

Eines Abends, als der Graf und sein Freund, um die Zeit zu tödten, eine Partie Schach spielten und Beide mit der Hand auf den

Tisch gestützt, schweigend einander gegenüber saßen, unter dem Vorwande über die Züge nachzusinnen, in Wahrheit aber um an ganz andere Dinge zu denken, wurde laut an die Straßenpforte geklopft.

»Wer zum Henker kann zu dieser Stunde noch kommen?« riefen Beide zugleich aus.

»Es ist Mitternacht vorüber,« sagte Dominique.

»Außer Olivier, wüßte ich nicht, wer es sein könnte;« versetzte der Graf.

»Ohne Zweifel ist er es,« begann Dominique wieder.

In diesem Augenblick wurde die Thür des Zimmers geöffnet und Don Jaime trat herein.

»Guten Abend, meine Herren,« sagte er; »Ihr erwartetet mich nicht zu dieser Stunde, nicht wahr?«

»Wir erwarten Euch immer, mein Freund.«

»Habt Dank dafür; Ihr erlaubt,« setzte er hinzu und sich zu dem Kammerdiener wendend, welcher ihm leuchtete, sagte er: »Seid so gut, ein Abendessen für mich anzurichten, Raimbaut.«

Dieser verneigte sich und ging.

Don Jaime warf seinen Hut auf den Tisch und einen Stuhl nehmend, fächelte er sich mit seinem Taschentuche Kühlung zu.

»Oh!« sagte er endlich, »ich sterbe fast vor Hunger, Ihr Lieben.«

IV.

Das Abendessen.

Die beiden jungen Leute betrachteten den Abenteurer mit einer Ueberraschung, die sie vergeblich zu verbergen strebten, obgleich sie sich dennoch unwillkürlich auf ihren Gesichtern malte.

Raimbaut brachte bald darauf mit Hülfe Lanca Ibarrü's einen vollständig servirten Tisch herbei, den er vor Don Adolfo hinstellte.

»Ei, meine Herren,« sagte heiter der Abenteurer, »Herr Raimbaut hat die zarte Aufmerksamkeit gehabt, drei Couverts aufzulegen, da er ohne Zweifel voraussah, daß Ihr es mir nicht abschlagen würdet, mir Gesellschaft zu leisten; ich bitte Euch daher, gönnt Euren Gedanken etwas Ruhe und setzt Euch zu Tische.«

»Von ganzem Herzen,« antworteten sie, indem sie an seiner Seite Platz nahmen.

Die Mahlzeit begann; Don Adolfo aß mit gutem Appetit, während er mit hinreißender Beredtsamkeit, welche seine Freunde bis dahin noch nie an ihm bemerkt hatten, plauderte; das von seinen Lippen sprühende Feuer von Witzen, geistreichen Worten und feinen Anekdoten wollte nicht versiegen.

Die jungen Leute blickten sich an, sie begriffen diese seltsame Laune nicht; denn trotz der Heiterkeit seines Gesprächs, blieb die Stirn des Abenteurers umwölkt und sein Gesicht bewahrte die spöttische Kälte, die demselben eigenthümlich war.

Indessen unwillkürlich durch diese Heiterkeit angeregt, hatten sie bald ihre Nebengedanken vergessen und überließen sich vollkommen dieser dem Anscheine nach so offenen Freude. Bald mischte sich mit dem Lachen und freudigen Worten das Klingen der Gläser und das Geklapper der Messer und Gabeln.

Die Diener waren fortgeschickt worden und so befanden sich die drei Freunde allein.

»Wahrhaftig, meine Herren,« sagte Don Adolfo, indem er eine Champagnerflasche entkorkte, »von allen Mahlzeiten ist nach meiner Meinung das Abendessen die beste; unsere Väter hielten sie werth und sie hatten recht, unter andern guten Gewohnheiten, die sich auf uns übertragen haben, verliert sich diese immer mehr, und bald wird sie vollständig vergessen sein, ich werde sie aufrichtig bedauern.«

Er füllte die Gläser seiner Gefährten.

»Laßt mich mit diesem Wein auf Eure Gesundheit trinken,« begann er von Neuem, »er ist eins der entzückendsten Erzeugnisse Eures Landes.«

Und nachdem sie angestoßen, leerte er sein Glas in einem Zuge.

Die Flaschen folgten rasch auf einander, die Gläser wurden fast eben so schnell geleert, als sie gefüllt waren.

Die Köpfe erhitzten sich bald. Als man die Cigarren anzündete, griff man zu den Liqueurs, dem Jamaikarum, dem Refino von Catalunna, und dem französischen Branntwein.

Dann plauderten die Gäste; mit den Ellenbogen auf den Tisch gestützt, in eine dichte, wohlriechende Rauchwolke eingehüllt, wurde ihr Gespräch, ohne daß sie es selbst wußten, allmählich ernster und vertrauter.

»Bah!« sagte plötzlich Dominique, indem er sich gemächlich in seinen Stuhl zurücklehnte, »das Leben ist wirklich eine gute und schöne Sache!«

Bei diesem plötzlichen Einfall, brach der Abenteurer in ein kurzes, nervöses Lachen aus.

»Bravo,« sagte er, »das nenne ich Philosophie. Dieser Mann, welcher weder seine Eltern kennt, noch weiß, wo er geboren ist, der wie ein kräftiger Pilz aufgeschossen, ohne jemals einen andern Freund als mich gekannt zu haben, der nicht einen Real unter der Sonne besitzt, findet das Leben eine schöne Sache, ei, ich wäre neugierig diese schöne Theorie etwas näher erklärt zu sehen.«

»Nichts leichter als das,« antwortete der junge Mann ruhig, »ich kenne freilich den Ort nicht, wo ich geboren bin, aber dies ist ein Glück für mich: da ist die ganze Erde mein Vaterland! Zu welcher Nation die Menschen auch gehören mögen, Alle sind meine Landsleute. Ich kenne meine Eltern nicht. Wer weiß, ob das nicht wieder ein Glück für mich ist. Sie haben mich durch ihr Verlassen aller

Achtung und Dankbarkeit für die Sorge, die sie mir angedeihen lassen sollten, enthoben und haben mir die Freiheit gegeben, nach meinem Belieben zu handeln, ohne daß ich ihre Controle fürchten müßte. Ich habe nur einen Freund im Leben gehabt; wie viele Menschen dürfen sich schmeicheln, eben so viel zu besitzen? Der meinige ist gut, aufrichtig und ergeben, stets in meiner Nähe, wenn ich seiner bedarf, um meine Freude oder meinen Schmerz zu theilen, mich zu unterstützen und durch seine Freundschaft an die große menschliche Gesellschaft zu knüpfen, aus welcher ich ohne ihn verbannt wäre. Ich besitze keinen Real unter der Sonne, freilich wahr; aber wozu sollte mir der Reichthum dienen? Ich bin stark, tapfer und intelligent; soll der Mensch nicht arbeiten? Ich erfülle meine Aufgabe wie die Anderen, vielleicht besser, denn ich beneide Niemand und bin zufrieden mit meinem Loose. Ihr seht wohl, mein lieber Adolfo, daß das Leben für mich wenigstens, wie ich eben sagte, eine schöne und gute Sache ist. Ich fordere Euch auf, Ihr Skeptiker, mir das Gegentheil zu beweisen.«

»Gut geantwortet, meiner Treu,« erwiderte der Abenteurer, »alle diese Gründe, obwohl scheinbar leicht zu widerlegen, scheinen nichts desto weniger sehr logisch, ich werde mir nicht die Mühe geben, darüber zu streiten. Allein ich mache Euch bemerklich, mein Freund, daß wenn Ihr mich für einen Skeptiker haltet, Ihr im Irrthum seid; zurechtweisend wohl, aber niemals werde ich skeptisch sein.«

»Oh! oh!« riefen die beiden jungen Leute zugleich; »dies verlangt eine Erklärung Don Adolfo.«

»Diese Erklärung will ich geben, wenn Ihr es durchaus verlangt; aber wozu? Doch halt, ich werde Euch einen Vorschlag machen, der, wie ich glaube, Euch angenehm sein wird.«

»So laßt hören.«

»Es ist bald Morgen, in wenigen Stunden wird es Tag, keiner von uns ist müde, bleiben wir alle beisammen und plaudern wir fort.«

»Gewiß, ich bin ganz damit einverstanden,« antwortete der Graf.

»Und ich ebenfalls, aber wovon plaudern wir?« bemerkte Dominique.

»Wenn Ihr wollt, werde ich Euch ein Abenteuer erzählen, oder vielmehr eine Geschichte, – nennt es, wie Ihr wollt, die ich heut selbst gehört habe und Euch eben so genau wieder erzählen will, denn Der, welcher sie mir mittheilte, und den ich seit langer Zeit kenne, hat darin eine Rolle gespielt.«

»Warum wollt Ihr uns nicht Eure eigene Geschichte erzählen, Don Adolfo? sie muß manche seltsame und bewegte Erlebnisse enthalten,« sagte der Graf absichtlich.

»Nun seht, gerade darin irrt Ihr Euch, mein lieber Graf,« versetzte Olivier gutmüthig, »nichts weniger als bewegt, im Gegentheil, das, was Ihr meine Geschichte nennt, ist beinahe diejenige aller Schleichhändler; denn Ihr wißt, sagte er in vertraulichem Tone, »daß ich nichts Anderes bin, nicht wahr? Unser Leben ist bei Allen dasselbe: wir gebrauchen List, um die Waaren, die man uns anvertraut, durchzupaschen, und die Douane sucht uns ebenfalls durch List daran zu verhindern und uns festzunehmen, daher kommen die Conflicte, die zuweilen, aber Gott sei Dank selten, blutig werden; seht, das ist in Kurzem die Geschichte, die Ihr verlangt, Graf, Ihr werdet bemerken, daß es darin nichts wesentlich Interessantes giebt.«

»Ich bestehe nicht weiter darauf, lieber Don Adolfo,« antwortete lächelnd der Graf; »sprechen wir von etwas Anderem, wenn es Euch beliebt.«

»Nun,« sagte Dominique, »wenn Ihr wollt, so beginnt Eure Geschichte.«

Olivier füllte ein Champagnerglas mit Resino de Catalunna, leerte es mit einem Zuge und mit dem Heft seines Messers auf den Tisch klopfend, sagte er:

»So hört, meine Herren, ich fange an. Ich muß vor allen Dingen um Eure Nachsicht bitten, wegen einiger Lücken und dunkler Stellen, die sich in dieser Erzählung finden werden. Ich wiederhole Euch, daß ich nur daß wiedererzähle, was ich selbst gehört habe, und daß ich demnach viele Dinge, nicht weiß, und nicht verantwortlich gemacht werden darf für die wahrscheinlich absichtlich vom ersten Erzähler übergangenen Thatsachen, welche zu verschweigen er aus ihm allein bekannten Motiven für nöthig hielt.«

»Fangt an, fangt an,« baten sie.

»Noch eine andere Schwierigkeit ist bei dieser Erzählung,« fuhr
er unerschütterlich fort, »nämlich, daß ich durchaus nicht weiß, in
welchem Lande sie sich zugetragen hat; aber dies ist nur eine relati-
ve Wichtigkeit, die Menschen sind beinahe überall dieselben, das
heißt, bewegt und beherrscht durch Laster und identische Leiden-
schaften. Alles, was ich mit Gewißheit annehmen kann, ist, daß die
Geschichte der alten Welt angehört, übrigens werdet Ihr selbst darüber urtheilen. Es lebte also in Deutschland – nehmen wir an, wenn
Ihr wollt, daß es Deutschland gewesen, wo diese wahrhafte Geschichte sich ereignete – es lebte in Deutschland, sagte ich, eine
reiche und mächtige Familie, deren Adel bis in die weiteste Zeit
hinabreichte. Ihr wißt ohne Zweifel, daß der deutsche Adel einer
der ältesten in Europa ist. und daß die Traditionen desselben sich
unangetastet bis auf den heutigen Tag erhalten haben. Nun also, der
Prinz von Oppenheim-Schlewig – wir werden ihm diesen Namen
beilegen – das Haupt der Familie, war Fürst und hatte zwei Söhne
von beinahe gleichem Alter, sie waren nur zwei bis drei Jahre auseinander. Beide waren schön und mit lebhaftem Verstand begabt.
Diese beiden jungen Edelleute waren auf das Sorgfältigste unter
den Augen ihres Vaters, der aufmerksam ihre Erziehung überwach-
te, erzogen worden. In Deutschland ist es nicht wie in Amerika, die
Macht des Oberhaupts der Familie ist sehr ausgedehnt und überhaupt sehr geachtet. Es liegt etwas wahrhaft Patriarchalisches in der
Art und Weise, wie die Disciplin des Hauses unterhalten wird. Die
jungen Leute benutzten die Lehren, welche sie empfingen, aber mit
den Jahren bildete sich auch ihr Charakter aus und es war leicht,
eine große Verschiedenheit zwischen ihnen zu erkennen, obwohl
Beide vollendete Edelleute in voller Bedeutung des Worts waren.
Indessen ihre moralischen Eigenschaften, wenn es mir gestattet ist,
mich dieses Ausdrucks zu bedienen, waren vollständig verschie-
den: der älteste war sanft, freundlich, dienstfertig, ernst, anhänglich
an seine Pflichten und überhaupt durchdrungen von der Ehre seines Namens; der zweite zeigte ganz verschiedene Neigungen, obwohl sehr stolz und sehr auf seinen Adel eingebildet, fürchtete er
doch nicht, die Achtung, welche er seinem Namen schuldete, in den
niedrigsten Spielhäusern und den gewöhnlichsten Gesellschaften zu
compromittiren, indem er das ausschweifendste Leben führte. Der

Fürst seufzte innerlich über die Ausschweifungen seines jüngsten Sohnes; mehrmals ließ er ihn zu sich rufen und machte ihm ernste Vorstellungen; der junge Mann hörte ehrerbietig seinen Vater an, versprach ihm, sich zu bessern, fuhr aber dennoch in seinem Leichtsinn fort.

Frankreich erklärte den Krieg an Deutschland. Der Prinz von Oppenheim-Schlewig war einer der Ersten, die dem Aufruf des Kaisers folgten und sich unter seine Fahnen reihten; seine Söhne begleiteten ihn als Adjutanten, sie führten ihre ersten Waffenthaten an seiner Seite ans. Einige Tage nach seiner Ankunft im Lager wurde der Fürst von dem Oberbefehlshaber mit einer Recognoscirung betraut; es fand ein heißes Gefecht mit den feindlichen Fourageurs statt, im stärksten Gewühl fiel der Fürst vom Pferde, man eilte ihm zu Hülfe, aber er war todt. Aber ein seltsamer Umstand, der niemals erklärt wurde, fand sich vor, die Kugel, welche seinen Tod verursacht hatte, war ihm von hinten zwischen die beiden Schultern gedrungen.«

Don Adolfo hielt inne.

»Zu trinken,« wandte er sich zu Dominique. Dieser goß ihm ein Glas Punsch ein; der Abenteurer leerte es fast siedend, und nachdem er mit der Hand über seine bleiche, feuchte Stirn gefahren war, nahm er seine Erzählung mit scheinbarer Gleichgültigkeit wieder auf:

»Die beiden Söhne des Fürsten waren ziemlich weit von ihrem Vater entfernt, als diese Katastrophe sich ereignete. Sie liefen eiligst herbei; aber sie fanden nur noch den blutigen und entstellten Leichnam ihres Vaters. Der Schmerz der jungen Leute war groß; der des Aeltesten düster und verschlossen, der des Jüngsten dagegen brennend; ungeachtet der genauesten Nachforschungen war es unmöglich zu entdecken, wie der Prinz an der Spitze seiner Truppen, die ihn vergötterten, von hinten getroffen worden sein konnte. Dies blieb ein Geheimniß.

»Die jungen Leute schieden aus der Armee und kehrten nach Hause zurück; der Aelteste erhielt den Titel und wurde das Oberhaupt der Familie. In Deutschland herrscht das Altersgesetz in aller seiner Strenge, der Jüngste hing also vollständig von seinem Bruder ab; dieser wollte dagegen seinen Bruder nicht in so untergeordneter Lage lassen und trat ihm das Vermögen seiner Mutter ab. Dieses ziemlich bedeutende Vermögen, es belief sich, glaube ich, auf beinahe zwei Millionen, machte ihn vollständig unabhängig und erlaubte ihm, den Titel eines Marquis anzunehmen.«

»Eines Herzogs, wollt Ihr sagen,« unterbrach ihn der Graf.

»Ihr habt Recht,« versetzte Don Adolfo, indem er sich auf die Lippen biß, »da er Prinz war, aber Ihr wißt wohl, wir Republikaner,« fügte er mit bitterm Lächeln hinzu, »sind wenig mit diesen pomphaften Titeln vertraut, für die wir die tiefste Verachtung empfinden.«

»Erzählt weiter,« bat Dominique nachlässig.

Don Adolfo fuhr fort:

»Der Herzog machte sein Vermögen flüssig, nahm Abschied von seinem Bruder und reiste nach Wien; der Fürst blieb auf seinen Gütern mitten unter seinen Vasallen und hörte nur noch in langen Zwischenräumen etwas über seinen Bruder; die Nachrichten aber, welche er über ihn erhielt, waren nicht erfreulicher Art. Der Herzog kannte keine Grenzen mehr in seinen Ausschweifungen, ja es ging so weit, daß sich der Fürst genöthigt sah, einen strengen Entschluß zu fassen und seinem jüngeren Bruder den Befehl zu geben, sofort das Königreich, ich will sagen, das Kaiserreich zu verlassen. Dieser gehorchte ohne Murren; mehre Jahre verflossen, während welcher Zeit der Herzog ganz Europa durchreiste. Er schrieb nur selten an seinen ältesten Bruder und betheuerte jedes Mal, daß mit ihm eine vollständige Umwandlung vorgegangen wäre. Ob nun der Fürst diesen Betheuerungen Glauben schenkte oder nicht, so hielt er es dennoch für seine Pflicht, seinem Bruder anzuzeigen, daß er im Begriff sei, sich mit einer jungen, schönen und reichen Erbin zu vermählen und daß die Verheirathung bald stattfinden sollte. Er lud ihn, vielleicht in der Voraussetzung, daß der Herzog zu entfernt sei, um zu kommen, ein, der Trauung beizuwohnen. In dieser Vermuthung täuschte er sich jedoch, der Herzog kam an dem Tage vor der Hochzeit an. Sein Bruder empfing ihn sehr freundlich, und wies ihm ein Zimmer in seinem Palaste an; den darauf folgenden Tag fand die beabsichtigte Vermählung statt.

»Das Betragen des Herzog war untadelhaft; er blieb bei seinem Bruder und suchte, ihm in Allem zu gefallen und ihm bei jeder

Gelegenheit zu beweisen, daß seine Besserung aufrichtig sei. Kurz, er spielte seine Rolle so gut, daß Jedermann dadurch getäuscht wurde und vor Allem der Prinz, der ihm nicht allein seine Freundschaft, sondern sogar sein vollständiges Vertrauen wieder schenkte.

»Schon seit mehren Monaten war der Herzog von seinen Reisen zurück, er schien das Leben ernster zu nehmen und nur den einen Wunsch zu haben, die Fehler seiner Jugend wieder gut zu machen. Anfangs begegnete man ihm in allen Familien mit Kälte, bald aber mit Auszeichnung, und fast war es ihm gelungen, die Irrthümer seiner Vergangenheit vergessen zu machen, als, ich weiß nicht bei Gelegenheit welches Festes oder Geburtstages, in dem Lande große Festlichkeiten stattfinden sollten; natürlich übernahm der Fürst, wie es seine Pflicht war, die Anordnung derselben und auf das Anrathen seines Bruders beschloß er sogar, um ihnen mehr Glanz zu verleihen, selbst darin eine wichtige Rolle zu übernehmen. Es handelte sich darum, eine Art Turnier darzustellen. Der höchste Adel der umliegenden Länder hatte mit Eifer seine Mitwirkung zugesagt. Endlich kam der erwartete Tag heran. Die junge Gemahlin des Fürsten, in hochschwangerem Zustande, versuchte vergeblich, von einer Ahnung getrieben – die aus dem Herzen kommen und niemals täuschen – ihren Gemahl daran zu verhindern, die Rennbahn zu betreten, indem sie ihm unter Thränen gestand, daß sie ein Unglück befürchte. Der Herzog vereinigte seine Bitten mit denen seiner Schwägerin, und suchte seinen Bruder zu bewegen, nur als Zuschauer in dem Turnier zu erscheinen. Aber der Fürst, der seine Ehre dabei engagirt glaubte, war unerschütterlich in seinem Entschluß, scherzte darüber, behandelte ihre Befürchtungen als Chimären und bestieg sein Pferd, um sich zu dem Turnier zu begeben.

»Eine Stunde später brachte man ihn sterbend zurück.

»Durch einen außergewöhnlichen Zufall, ein unerhörtes Mißgeschick, hatte der Fürst seinen Tod gefunden, da, wo er nur Vergnügen zu finden hoffte.

»Der Herzog zeigte über den schrecklichen Tod seines Bruders einen tiefen Schmerz.

»Das Testament des Fürsten wurde gleich darauf geöffnet, er ernannte darin seinen Bruder zum Universalerben aller seiner Güter, so fern die Prinzessin nicht, die, wie ich bereits erwähnt habe, sich in vorgerückter Schwangerschaft befand, einem Sohne das Leben gebe, in welchem Falle dieser Sohn das Vermögen und die Titel seines Vaters erben und bis zu seiner Majorennität unter der Vormundschaft seines Onkels bleiben würde.

»Als die Prinzessin den Tod ihres Gemahls erfuhr, wurde sie plötzlich von Geburtswehen ergriffen; und gebar eine Tochter.

»Die zweite Clausel des Testaments war also annullirt, der Herzog erhielt den Titel Fürst und nahm das Vermögen seines Bruders in Besitz.

»Ungeachtet der lockendsten Anerbietungen ihres Schwagers wollte die Prinzessin nicht länger als Fremde in einem Palaste wohnen, worin sie die Herrin gewesen war, und zog sich in ihre Familie zurück.«

Der Abenteurer machte eine Pause.

»Wie findet Ihr diese Geschichte?« fragte er mit ironischem Lächeln seine Zuhörer.

»Ich warte,« erwiderte der Graf, »daß Ihr uns den andern Theil derselben mittheilen werdet, um Euch eine Antwort darauf geben zu können.«

Der Abenteurer warf ihm einen durchdringenden Blick zu.

»Also,« sagte er, »Ihr glaubt, daß dies nicht Alles ist.«

»Jede Geschichte,« erwiderte der Graf, »besteht aus zwei verschiedenen Theilen.«

»Das heißt?«

»Der falsche und der wahre Theil.«

»Erklärt Euch.«

»Gern; der falsche Theil ist derjenige, welcher öffentlich ist, den Jedermann kennt, auslegen und weiter erzählen kann.«

»Wohl,« meinte mit leichter Kopfbewegung der Abenteurer, »und der wahre Theil?«

»Dieser ist das höchstens von zwei bis drei Personen gekannte Geheimniß, die Haut des von den Schultern des Wolfes geraubten Schafes.«

»Oder die von dem Gesichte des Bösewichts abgerissene Tugendmaske,« brach er hervor, »nicht wahr?«

Ja, in der That.«

»Und Ihr erwartet diesen zweiten Theil der Geschichte?

»Ich erwarte ihn,« versetzte der Graf streng.

Der Abenteurer verharrte einige Minuten, die Stirn in die Hand gestützt, in tiefem Schweigen, dann erhob er stolz den Kopf, leerte mit einem Zuge das vor ihm stehende Glas, und rief mit nervöser Stimme:

»Wohlan, so hört, denn, wahrlich, was Ihr hören werdet, ist der Mühe werth.«

V.

Die Offenbarung.

Es herrschte ein ziemlich langes Schweigen, während die drei Gäste in tiefe Gedanken verloren waren. Endlich brach Don Adolfo den Zauber, der sie zu fesseln schien, indem er plötzlich wieder das Wort nahm:

»Die Prinzessin hatte einen Bruder, damals ein junger Mann von höchstens zwei und zwanzig Jahren; ein hübscher Cavalier, geschickt in allen Leibesübungen, tapfer wie sein Degen, sehr beliebt bei den Damen, verbarg er unter einem frivolen Aeußern, einen ernsten Charakter, einen bedeutenden Verstand und eine unbezähmbare Energie. Dieser Bruder, welchen wir Octave nennen wollen, hatte für seine Schwester eine aufrichtige Freundschaft und Zuneigung; liebte sie wegen Alles, was sie gelitten hatte, und er forderte sie zuerst auf, den Palast ihres verstorbenen Gemahls zu verlassen und in ihre Familie zurück zu kehren, ihr Witthum reklamiren und alle Dienstanerbietungen des Fürsten, ihres Schwagers, zurückzuweisen. Octav empfand, ohne daß Etwas in den Augen der Welt sein Betragen dem Prinzen gegenüber gerechtfertigt hätte, einen lebhaften Widerwillen gegen diesen.

»Dennoch hatte er nicht alle Verbindungen mit ihm abgebrochen; er besuchte ihn zuweilen, obwohl höchst selten.

»Diese Besuche, stets kalt und zurückhaltend von Seiten des jungen Mannes, waren dagegen herzlich und zuvorkommend von dem Prinzen, welcher durch seine anmuthigen Manieren, seine unaufhörlich erneuerten Dienstanerbietungen diesen Mann, dessen Widerwillen er errathen, hatte, zu fesseln suchte.

»Die Prinzessin erzog ihre Tochter fern von der Welt, im Schooße ihrer Familie, mit unbegrenzter Zärtlichkeit. Seit dem Tode ihres Mannes hatte sie die Trauer nicht wieder abgelegt; aber diese Trauer trug sie mehr noch in ihrem Herzen, denn die Katastrophe, welche ihr ihren Gemahl geraubt hatte, war ihrer Erinnerung stets gegenwärtig und mit jener Zähigkeit liebender Herzen, für welche es keine Zeit giebt, war ihr Schmerz noch eben so groß wie am ersten Tage. Wenn zuweilen der Name ihres Schwagers zufällig erwähnt wurde, so durchlief plötzlich ein convulsivisches Zittern ihren ganzen Körper, ihr bleiches Gesicht wurde leichenfarben, und ihre großen, fieberhaft brennenden, in Thränen schimmernden Augen richteten sich dann mit einem seltsamen Ausdruck des Vorwurfs und der Verzweiflung auf ihren Bruder Octave, als wollte sie sagen, daß die Rache, die er ihr versprochen, lange auf sich warten lasse.

»Der Fürst, jetzt ein gemachter Mann, hatte darüber nachgedacht, daß er der Letzte seines Geschlechts und es dringend nöthig sei, wenn er nicht wollte, daß die Güter und Titel seiner Familie an entfernte Seitenlinien übergingen, einen Erben seines Namens zu haben. Demzufolge hatte er Verbindungen mit mehren hohen Familien des Landes angeknüpft, und zu der Zeit, zu welcher wir gelangt sind, das heißt ungefähr acht Jahre nach dem Tode seines Bruders, sprach man viel von der demnächstigen Vermählung des Prinzen mit der Tochter eines der edelsten Häuser des deutschen Bundes.

»Alle Convenienzen fanden sich bei dieser Verbindung, die bestimmt war, die Wichtigkeit und den schon sprichwörtlich gewordenen Reichthum des Hauses Oppenheim-Schlewig noch zu vermehren, vereinigt; die Braut war jung, schön und mit dem regierenden Hause von Habsburg entfernt verwandt. Der Prinz knüpfte daher an diese Verbindung die größte Wichtigkeit und bemühte sich, die Schließung derselben so viel als möglich zu beschleunigen.

»Mittlerweile war der Graf Octave genöthigt, zur Regelung gewisser Geschäftsinteressen, seinen Aufenthaltsort zu verlassen um sich für einige Tage nach einer höchstens einige zwanzig Meilen entfernten Stadt zu begeben.

»Der junge Mann nahm von seiner Schwester Abschied, stieg in die Postkutsche und reiste ab.

»Am dritten Tage langte er Abends gegen 8 Uhr in der Stadt Bruneck an und stieg in einem Hause ab, welches ihm gehörte und auf dem Marktplatz der Stadt, kaum einige Schritt von dem Palast des Verwaltungsrathes lag.

»Bruneck ist eine sehr hübsche, kleine Stadt in Tyrol, deren Bevölkerung, die sich auf höchstens sechszehnhundert Einwohner beläuft, noch heute die patriarchalisch einfachen und strengen Sitten von vor sechzig Jahren bewahrt hat.

»Der Graf Octave bemerkte bei seinem Eintritt in die Stadt zu seiner Ueberraschung, daß daselbst die größte Aufregung herrschte; trotz der späten Stunde waren die Straßen, welche die Postkutsche passirte, mit einer bewegten Volksmenge angefüllt, die mit lautem Geschrei nach allen Seiten lief; der größte Theil der Häuser war illuminirt und auf dem Platze große Feuer angezündet.

»Sobald der Graf in seinem Hause angelangt war, erkundigte er sich, als er sich zum Abendessen niedersetzte, nach der Ursache dieser außergewöhnlichen Aufregung.

»Er vernahm Folgendes:

»Tyrol ist ein außerordentlich bergiges Land, es ist die Schweiz Oesterreich's; der größte Theil dieser Berge dient indessen zahlreichen Bösewichtern zum Zufluchtsort, die sich allein damit beschäftigen, für die Reisenden, welche ihr böser Stern in ihre Hände führt ein Lösegeld zu fordern, und die Dörfer und oft selbst ziemlich bedeutende Flecken zu plündern.

Seit einer Reihe von Jahren hatte ein geschickter und kühnerer Banditenhäuptling als die andern, an der Spitze einer beträchtlichen Truppe entschlossener und wohl disciplinirter Männer die Gegend verwüstet, indem er die Reisenden angriff, die Dörfer plünderte und in Brand steckte, und keinen Anstand nahm, den Detachements Soldaten die Stirn zu bieten die zu seiner Verfolgung ausgesandt wurden und oft sehr Übel zugerichtet von ihrer Begegnung mit ihm heimkehrten. Dieser Mann hatte den Bewohnern dieser Gegend endlich einen solchen Schrecken eingeflößt, daß sie sich buchstäblich seiner Herrschaft unterwarfen und ihm zitternd gehorchten, in der festen Ueberzeugung, daß es unmöglich sei, ihn zu besiegen. Die Oesterreichische Regierung hatte natürlich diesen mit den Räubern abgeschlossenen Pact nicht zulassen wollen, sondern faßte den Entschluß, die Sache um jeden Preis zu beendigen, indem sie die energischsten Mittel anwandte, um sich des Banditen zu bemächtigen.

Eine lange Zeit hindurch waren alle Anstrengungen fruchtlos: dieser durch seine Spione außerordentlich gut bediente Mann, war stets von Allem unterrichtet, was man gegen ihn in's Werk setzte; er richtete darnach seine Pläne ein, und es gelang ihm leicht, sich den Verfolgungen zu entziehen und jeder Schlinge zu entschlüpfen.

Was die wachthabende Gewalt nicht vermochte, bewerkstelligte jedoch endlich der Verrath: einer der Bundesgenossen des Rotharm (dies war der Kriegsname des Räubers), der sich bei einer reichen Beutetheilung durch seinen Häuptling übervortheilt glaubte, beschloß, sich an ihm zu rächen und ihn zu verrathen.

Eine Woche später wurde Rotharm von den Truppen überrascht und mit den Hauptverbündeten seiner Bande gefangen genommen.

Die wenigen Männer, welche entkommen waren, fielen bald, durch die Gefangennahme ihres Häuptlings demoralisirt, ebenfalls in die Hände der Soldaten, so daß die ganze Räuberbande zerstört worden war.

Der Proceß dauerte nur kurze Zeit, sie wurden zum Tode verurtheilt und das Urtheil sogleich vollzogen.

Nur der Häuptling und seine beiden ersten Lieutenants wurden reservirt, um an ihnen eine exemplarische Strafe zu constatiren.

Das Urtheil sollte am nächsten Tage vollzogen werden. Das war der Grund, weshalb die Stadt Bruneck in freudiger Aufregung war.

Die Einwohner der benachbarten Orte waren herbeigeströmt, um der Todesstrafe des Mannes beizuwohnen, vor welchem sie so lange gezittert hatten, und um das für sie so anziehende Schauspiel nicht zu versäumen, lagerten sie in den Straßen und auf den Plätzen, und sahen mit Ungeduld der Stunde der Execution entgegen.

Der Graf legte nur geringe Wichtigkeit auf diese Nachrichten, und da er sich durch seine zweitägige Reise auf schlechten Wegen ermüdet fühlte, so schickte er sich nach beendetem Abendessen an, sich zur Ruhe zu begeben.

In diesem Augenblick, wo er sein Schlafzimmer betrat, erschien ein Diener und sprach leise mit dem Kammerdiener.

»Was giebt es?« fragte der Graf Octave, indem er sich umwendete.

»Verzeihung, Herr Graf,« antwortete ehrerbietig der Diener, »ein Mann ist unten, der Eure Excellenz zu sprechen wünscht.«

»Mich sprechen? – zu dieser Stunde?« fragte der Graf erstaunt; »es ist nicht möglich, daß man, wo ich kaum angekommen bin, schon von meiner Anwesenheit unterrichtet ist; sagt dem Mann, daß er morgen wiederkommen soll, heut Abend sei es zu spät.«

»Ich habe es ihm gesagt, Herr Graf, und er gab wir zur Antwort, daß morgen nicht mehr Zeit dazu sein würde.«

»Nun, das ist seltsam! wer ist denn dieser Mann?«

»Ein Priester, Herr Graf, und er hat hinzugesetzt, daß das, was er Eurer Excellenz zu sagen habe, von großer Wichtigkeit sei und er inständig darum bitte, vorgelassen zu werden.«

Sehr in Verlegenheit über einen solchen Besuch zu so später Stunde, brachte der Graf seine Toilette wieder in Ordnung und begab sich begierig auf die Lösung des Räthsels, in den Salon.

Ein Priester stand in der Mitte des Zimmers.

Es war ein Mann in bereits vorgerücktem Alter, seine schneeweißen Haare fielen in langen Locken auf seine Schultern herab und verliehen ihm ein ehrwürdiges Aussehen, welches noch durch den über sein Gesicht verbreiteten Ausdruck von Güte und ruhiger Größe vervollständigt wurde.

Der Graf grüßte ihn ehrfurchtsvoll und lud ihn durch einen Wink ein, Platz zu nehmen.

»Entschuldigen Sie mich, Herr Graf,« begann er, indem er sich verneigte und stehen blieb. »Ich bin Beichtvater des Gefängnisses, mein Herr; Sie werden ohne Zweifel von der Gefangennahme mehrer Missethäter gehört haben?«

»In der That, mein Herr, man hat mir Einiges darüber berichtet.«

»An mehren dieser Unglücklichen,« fuhr er fort, »ist bereits die schreckliche Strafe vollzogen worden, zu welcher sie die menschliche Gerechtigkeit verurtheilt hatte; der Schuldigste von Allen, ihr Häuptling, soll die seinige morgen mit Anbruch des Tages erleiden.«

»Ich weiß es, mein Herr.«

»Jener Mann,« sprach der Almosenier weiter, »hat, Dank meiner Bemühungen, ihn zur Reue zu bewegen, im letzten Augenblick wo er im Begriff ist vor Gott, seinem höchsten Richter, zu erscheinen, um eine furchtbare Rechenschaft abzulegen, Gewissensbisse gefühlt. Ihre Ankunft in dieser Stadt, die er, ich weiß nicht auf welche Weise vernommen hat, ist ihm als ein Wink der Vorsehung erschienen; er hat mich sogleich rufen lassen und mich gebeten, zu Ihnen zu gehen, Herr Graf.«

»Zu mir!« rief der junge Mann erstaunt; »welche Gemeinschaft kann zwischen mir und diesem Elenden bestehen?«

»Ich weiß es nicht, Herr Graf, er hat mir nichts darüber gesagt, allein er fleht Sie an, sich nach seinem Kerker zu begeben, da er Ihnen ein Geheimniß von der höchsten Wichtigkeit anzuvertrauen wünscht.«

»Was Sie mir da sagen, mein Herr, bringt mich in Verwirrung; jener Mann ist mir vollkommen fremd, ich begreife nicht, auf welche Weise mein Leben mit dem seinigen verknüpft sein kann.«

»Er wird es Ihnen ohne Zweifel erklären, Herr Graf; aber ich bitte Sie, bewilligen Sie diese Unterredung, um welche der Mann Sie anfleht, ohne länger zu zögern,« setzte der Priester hinzu. »Schon seit einer Reihe von Jahren bin ich Beichtvater der Gefangenen und habe leider viele Verbrecher sterben sehen. Man lügt nicht im Angesichte des Todes, selbst der stärkste und tapferste Mensch fühlt sich klein und schwach der Ewigkeit gegenüber; er zittert, und da er nicht mehr auf die Güte der Menschen zu hoffen wagt, nimmt er seine Zuflucht zu Gott. Der unglückliche Rotharm, der morgen den Tod erleiden soll, weiß, daß Nichts ihn dem schrecklichen Schicksal, welches ihn erwartet, entziehen kann, zu welchem Zweck also würde er auf der Schwelle des Todes um diese Unterredung bitten, wenn nicht, um vielleicht durch diese Eröffnung eines seiner schrecklichsten Verbrechen, vielleicht das geheimste von allen, wieder gut zu machen. Glauben Sie mir, Herr Graf, es ist ein Wink der Vorsehung; nicht der Zufall hat Sie gerade in diesem Augenblick hierher geführt. Folgen Sie mir, steigen Sie mit mir in den Kerker hinab, wo der Unglückliche Ihrer Ankunft mit der lebhaftesten Angst entgegen sieht, indem er die Minuten zählt, Selbst angenommen, daß diese Mittheilung nicht von so großer Wichtigkeit für

Sie wäre, wie dieser Unglückliche vermuthet, würden Sie einem Manne, der dem Tode entgegen geht, diesen letzten Trost versagen? ich bitte Sie, Herr Graf, kommen Sie und folgen Sie mir.«

Der Entschluß des jungen Mannes war bald gefaßt.

Der Graf hüllte sich in einen Mantel und verließ in Begleitung des Priesters das Haus.

Trotz der späten Stunde – es war nahe an Mitternacht – war der Platz noch voller Menschen, die Menge wuchs mit jedem Augenblick durch das Herbeiströmen neuer Ankömmlinge aus den benachbarten Dörfern; überall hatte man Bivouaks errichtet.

Der Graf und sein Führer bahnten sich mit ziemlicher Schwierigkeit einen Weg durch die Menge bis zu dem Gefängniß, vor welchem zahlreiche Schildwachen aufgestellt waren.

Auf ein Wort des Almoseniers erhielten sie sogleich Zutritt in dasselbe. Der würdige Priester schritt dem Grafen voran und von einem Kerkermeister gefolgt, begaben sie sich zu dem Verurtheilten.

Der Kerkermeister, eine Laterne in der Hand, führte sie schweigend durch eine lange Reihe von Corridoren, endlich vor einer von unten bis oben mit Eisen beschlagenen Thür Halt machend, sagte er:

»Tretet ein.«

Sie befanden sich in dem Kerker.

Wir wenden diesen gebräuchlichen Ausdruck an, obgleich das Zimmer, in welches sie eingetreten waren, nicht im Geringsten einem Kerker glich.

Es war ein ziemlich großes Gemach, welches durch zwei, außen mit Eisenstäben vergitterten Fenstern erhellt wurde; das Meublement bestand aus einem Bett, das heißt einem Rahmen, auf welchem eine Ochsenhaut ausgebreitet lag, einem Tisch und mehren Stühlen, an der Wand hing ein Spiegel. Im Hintergrunde befand sich ein Altar, der schwarz behangen war; hier wohnte der Verurtheilte, nach dem Ausspruch der Geschwornen, den Messen bei, welche der Beichtvater der Gefangenen täglich Morgens und Abends abhielt.«

Bei diesen Einzelheiten über den Gottesdienst, welche Gewohnheit nur in Spanien und in den von diesem Lande abhängenden Colonien existirt, tauschten die beiden Zuhörer verstohlen einen Blick des Einverständnisses aus, welchen der Abenteurer nicht bemerkte.

Ohne eine Ahnung von dem eben begangenen Fehler zu haben, fuhr dieser fort: »Der Verurtheilte saß aus einem Equipal, den Ellbogen auf den Tisch gestützt, den Kopf in der Hand ruhend, las er bei dem Scheine einer qualmenden Lampe.

Bei dem Eintritt der Besucher erhob er sich sogleich und begrüßte sie mit großer Höflichkeit.

»Meine Herren, »vollen Sie gefälligst Platz nehmen und mir die Ehre erweisen, einige Augenblicke auf die Personen, welche ich habe rufen lassen, zu warten,« sagte er, indem er sich den Butaccas näherte, »ihre Gegenwart ist unumgänglich? nöthig, damit später Niemand die Wahrhaftigkeit der Eröffnung, welche ich Ihnen zu machen wünsche, in Zweifel ziehen kann.«

Der Almosenier und der Graf machten ein Zeichen der Zustimmung und setzten sich.

Es herrschte einige Minuten ein tiefes Schweigen, welches nur durch den gleichmäßigen Schritt der vor dem Kerker auf und ab gehenden Schildwache gestört wurde.

Rotharm hatte sich wieder auf seinen Equipal gesetzt, und schien nachzusinnen.

Der Graf benutzte dies, um ihn genauer zu betrachten.

Er war ein Mann von höchstens fünfunddreißig bis vierzig Jahren.

Seine hohe Gestalt war gut gebaut, seine Bewegungen hatten etwas Stattliches und Elegantes. Sein etwas starker Kopf war ohne Zweifel in Folge der Gewohnheit zu befehlen, etwas zurückgeworfen, seine Gesichtszüge waren schön und ausdrucksvoll, sein Blick senkte sich von oben herab und hatte eine außerordentliche Festigkeit; ein seltsamer Ausdruck von Sanftmuth und Energie lag über seinem Gesichte verbreitet und verlieh ihm etwas Fremdartiges;

sein blauschwarzes, dickes Haar fiel in natürlichen Locken auf seine Schultern herab.

Sein Anzug von schwarzem Sammet und ungewöhnlichem Schnitt contrastirte mit der matten Blässe seines Gesichts und ließ, wenn möglich, seine Persönlichkeit noch ergreifender erscheinen.

Da ließ sich draußen ein Geräusch von Schritten vernehmen, ein Schlüssel drehte sich im Schloß, die Thür ging auf und zwei Männer traten ein.

Nachdem der Kerkermeister sie schweigend in das Gemach geführt, entfernte er sich und schloß die Thür hinter sich.

Der eine dieser beiden Männer war der Direktor des Gefängnisses, ein noch rüstiger Greis trotz seiner siebenzig Jahre, mit ruhigen Gesichtszügen und ehrwürdigem Aussehen, dessen ziemlich kurz geschnittene, spärliche Haare hinten auf den Kragen seines Kleides fielen.

Der andere war ein Officier, ein Major, wie seine Epauletten bewiesen; er war jung und schien dreißig Jahre alt zu sein, seine Züge hatten nichts Außergewöhnliches; es war einer jener Männer, die geboren sind, die Uniform zu tragen, und die in einem bürgerlichen Anzug lächerlich erscheinen würden.

Beide grüßten höflich und warteten schweigend, daß man ihnen erklären sollte, weshalb sie nach dem Kerker gerufen worden waren.

Der Verurtheilte bemerkte es; nach den ersten ausgetauschten Begrüßungen, beeilte er sich, ihnen die Gründe auseinander zu setzen, welche ihn veranlaßt hatten, sie in seinem letzten Lebensaugenblicke zu sich zu bitten.

»Meine Herren,« begann er mit fester Stimme, »in kaum einigen Stunden werde ich die menschliche Gerechtigkeit befriedigt haben, und vor der furchtbaren Gottes erscheinen. Seit dem Tage, wo ich den Kampf gegen die Gesellschaft begonnen, habe ich viele Verbrechen begangen, und bin ein Mitschuldiger vieler gehässiger Attentate geworden. Das Urtheil, welches mich trifft, ist gerecht, und obwohl entschlossen, als Mann, dem der Tod niemals ein Schrecken gewesen, mich der Todesstrafe zu unterwerfen, glaube ich Ihnen mit der größten Aufrichtigkeit und Demuth bekennen zu müssen, daß ich meine Verbrechen bereue, und daß ich, weit entfernt, unbußfertig zu sterben, meinen letzten Athemzug aushauchen werde, indem ich Gott nicht um Verzeihung, sondern um Barmherzigkeit anflehe.«

»Wohl, mein Sohn,« unterbrach ihn sanft der Priester, »nehmt Eure Zuflucht zu Gott, seine Gnade ist unendlich.«

Es trat ein kurzes Schweigen ein. Endlich fuhr Rotharm fort:

»Ich möchte in diesem letzten Augenblicke alles Böse, was ich gethan, wieder gut machen; ach! leider ist das unmöglich, meine Opfer sind todt, keine menschliche Macht könnte ihnen das Leben wiedergeben, welches ich ihnen so feige geraubt habe; aber unter diesen Verbrechen ist eins, vielleicht das schrecklichste von allen, welches ich freilich nicht gänzlich ungeschehen machen kann; dennoch aber hoffe ich die Folgen desselben zu ändern, indem ich Ihnen die näheren Umstände mittheile und den Namen des Mannes nenne, der mein Mitschuldiger war. Gott hat mir ohne Zweifel diese Buße auferlegt, indem er so unvermuthet den Grafen Octave in diese Stadt führte; ich unterwerfe mich ohne Murren seinem Willen, vielleicht wird Er um meines Gehorsams willen, Barmherzigkeit an mir üben. Indem ich Sie, meine Herren, bat, zu mir zu kommen, habe ich der am Meisten bei meiner Geschichte interessierten Person, die nöthigen Zeugen verschaffen wollen, damit später die menschliche Gerechtigkeit, ohne Furcht vor einer Täuschung, gegen den Schuldigen einzuschreiten vermag. Also, meine Herren, zeichnen Sie meine Worte auf, denn ich schwöre Ihnen am Rande des Grabes, dieselben sind von der lautersten Wahrhaftigkeit.«

Der Verurtheilte hielt einen Augenblick inne, als suchte er seine Gedanken zu sammeln.

Die Anwesenden sahen mit gespannter Erwartung seinen Mittheilungen entgegen; der Graf hauptsächlich suchte vergeblich die Angst, welche sein Herz bedrückte, unter einem gleichgültigen Aeußern zu verbergen. Eine geheime Ahnung sagte ihm, daß endlich Licht in das undurchdringliche Geheimniß kommen würde, welches seine Familie umgab und das er bis dahin vergeblich zu erforschen gesucht.

Rotharm begann wieder, nachdem er unter den auf seinem Tische liegenden Papieren ein ziemlich starkes Heft ausgewählt hatte, welches er geöffnet vor sich hinlegte.

»Obwohl acht Jahre seit der Zeit verflossen sind,« sagte er, »wo sich diese Begebenheiten ereignet haben, so genügten mir doch, sobald ich die Ankunft des Grafen Octave in der Stadt vernahm, einige Stunden, um die Geschichte in ihren Einzelheiten niederzuschreiben. Diese schreckliche Erzählung ist es, welche ich Ihnen, meine Herren, vorlesen will, dann bitte ich Jeden von Ihnen seinen Namen unter meine Unterschrift zu setzen, um die Aechtheit dieses Manuscripts zu beglaubigen, wofern es der Graf für seine Pflicht halten sollte, im Interesse seiner Familie und zur Bestrafung des Schuldigen davon Gebrauch zu machen. Ich bin bei dem Allen nur der bezahlte Mitschuldige gewesen und das Werkzeug, dessen man sich bediente, um das Opfer zu ereilen.«

»Diese Vorsicht ist sehr gut,« meinte der Director des Gefängnisses, »wir werden ohne Zögern diesen Bericht unterzeichnen.«

»Haben Sie Dank, meine Herren,« erwiderte der Graf, »obwohl ich eben so wie Sie unwissend in Bezug auf die Thatsachen bin, die wir hören werden, so habe ich dennoch aus gewissen Gründen die Ueberzeugung gewonnen, daß Das, was ich hören werde, von hoher Wichtigkeit für das Glück einiger Glieder meiner Familie ist.«

»Sie werden sogleich darüber urtheilen, Herr Graf,« sagte der Gefangene, und er begann mit der Lesung seines Manuscripts.

Dies dauerte zwei Stunden.

Der Inhalt war folgender: Als der Prinz von Oppenheim-Schlewig getödtet worden war, hatte ihn eine Kugel des hinter einem Gebüsch im Hinterhalt liegenden Rotharm getroffen, der von dem jüngsten Sohn des Prinzen für diesen Vatermord bezahlt worden war.

Einmal auf der Bahn des Verbrechens ging der junge Mann ohne Gewissensbisse immer weiter, nur um den Zweck zu erreichen, in den Besitz des väterlichen Vermögens zu gelangen. Nach einem Vatermord war ein Brudermord für ihn nichts mehr, er führte ihn mit grausamem Vorbedacht aus; andere, wo möglich noch schrecklichere Verbrechen wurden mit einer so ergreifenden Wahrheit in allen ihren Einzelheiten erzählt und durch unerschütterliche Beweise bestätigt, daß die von dem Gefangenen herbeigerufenen Zeugen sich mit Entsetzen fragten, ob es möglich sei, daß ein so grausames Ungeheuer existire, und welche furchtbare Strafe die göttliche Gerechtigkeit, mit welcher es seit so langen Jahren spielte, demselben vorbehalte. Als die Prinzessin den Tod ihres Gemahls erfahrend, von Mutterwehen ergriffen wurde, gebar sie nicht, wie alle Welt glaubte, eine Tochter sondern Zwillinge, von denen der Knabe geraubt wurde, den der Prinz verschwinden ließ, um die Clausel des Testaments seines Vaters, welches dem Sohne die Titel und das Gesammtvermögen der Familie vererbte, zu annulliren.

Das Gesicht in den Händen vergraben, glaubte sich der Graf, von einem furchtbaren Alpdrücken erfaßt; ungeachtet des Vorurtheils, welches er stets gegen seinen Schwager empfunden hatte, würde er ihn niemals in Verdacht gehabt haben, daß er mit kaltem Blute und in so langen Zwischenräumen, eine Reihe schändlicher und wohl überlegter Verbrechen unter dem Einfluß der häßlichsten und verächtlichsten Leidenschaft, dem Durst nach Geld, begehen konnte. Er fragte sich, ob trotz der unwiderlegbaren Beweise, welche er so unvermuthet besaß, in dem ganzen Kaiserreich sich ein Tribunal finden würde, um die Verantwortlichkeit auf sich zu nehmen, so schändliche und außer der menschlichen Natur liegende Missethaten zu verfolgen. Auf der andern Seite entehrte diese in die Öffentlichkeit gebrachte Entdeckung eine Familie, mit welcher die seinige zu nahe verbunden war, als daß die Entehrung nicht auch auf seine Familie zurück fallen sollte.

Alle diese Gedanken durchkreuzten das Hirn des Grafen, verursachten ihm die furchtbarsten Qualen und vermehrten seine Verlegenheit.

Er wußte nicht, welchen Entschluß er fassen sollte; in einem so ernsten Falle wagte er weder Jemand um Rath zu fragen, noch eine Stütze außer sich selbst zu suchen.

Rotharm erhob sich und näherte sich dem Grafen.

»Mein Herr,« sagte er zu ihm, »nehmen Sie dieses Manuscript: von nun an gehört es Ihnen.«

Der Graf nahm mechanisch das ihm dargereichte Papier.

»Ich begreife Ihr Erstaunen und Ihr Entsetzen, mein Herr,« fuhr der Verurtheilte fort, »diese Mittheilungen sind so furchtbar, daß sie, trotz ihres Stempels der Wahrheit, trotz der ungewöhnlichen Umstände, unter welchen sie niedergeschrieben worden sind, und trotz der Autorität der Personen, die sich nach Lesung derselben unterzeichnet haben, in Gefahr sind, in Zweifel gezogen zu werden; deshalb will ich, um jeden Verdacht von Verleumdung von Ihnen abzuwenden, diesem Manuscript noch Beweisstücke hinzufügen.«

»Ihr habt Beweise?« fragte der Graf schaudernd.

»Ja, ich habe deren. Wollen Sie die Güte haben und diese Brieftasche öffnen; sie enthält einige zwanzig an mich adressirte Briefe Ihres Schwagers und alle stehen in Beziehung zu dem in diesem Manuscript enthaltenen Thatsachen.«

»Oh! mein Gott! mein Gott!« rief der Graf, indem er die Hände faltete; dann aber wandte er sich plötzlich zu Rotharm mit den Worten: »Das ist allerdings höchst seltsam.«

Der Gefangene lächelte.

»Ich verstehe Sie,« antwortete er, »Sie verlangen zu wissen, wie es kommt, daß im Besitz so compromittirender Briefe für den Prinzen von Oppenheim, dieser sich nicht seiner Macht bedient hat, um mich zu vernichten und sich dieser Beweise seiner Schuld wieder zu bemächtigen.

»In der That,« erwiderte der Graf, erstaunt sich so gut errathen zu sehen, »mein Schwager ist ein Mann von außerordentlicher Vorsicht, er hatte ein zu großes Interesse, diese ihn überführenden Beweise zu vernichten.«

»Gewiß, und ich bin davon überzeugt, er würde es nicht unterlassen haben, alle Mittel in Bewegung zu setzen, um dieses Ziel zu erreichen; aber der Prinz wußte nicht, daß diese Beweise in meinen Händen geblieben waren. Der Grund hiervon ist folgender: Jedes Mal, wenn der Prinz mir in einem Briefe eine Zusammenkunft festgesetzt hatte, verbrannte ich in seiner Gegenwart einen ganz ähnlichen Brief wie den, welchen ich von ihm empfangen hatte, um ihm zu beweisen, welches Vertrauen ich in ihn setzte, so daß er niemals auch nur ahnte, daß ich sie aufbewahrt haben könnte. Später, nach der Niederkunft seiner Schwägerin, nachdem der Fürst seinen

Zweck erreicht hatte, glaubte ich, daß er sich gern von mir befreien würde, ich kam ihm daher zuvor, indem ich das Land plötzlich verließ. Nachdem ich drei Jahre in der Fremde zugebracht, ließ ich das Gerücht meines Todes verbreiten, und richtete es so ein, daß diese Nachricht auf ganz natürliche Weise als unumstößliche Gewißheit zu den Ohren des Prinzen gelangte. Darauf kam ich wieder hierher zurück. – Der Prinz kannte nie meinen Namen; wir Abenteurer haben nicht allein die Gewohnheit, den Namen oft zu wechseln, da das Incognito für uns ein Schutz ist, sondern wir haben sogar drei oder vier Namen auf einmal, um jede Vermuthung irre zu führen, wodurch wir in vollkommener Sicherheit sind so daß, selbst wenn der Prinz, was ich nicht weiß, Nachforschungen hätte anstellen lassen, er dennoch nichts erfahren haben würde.«

»Aber zu welchem Zweck hattet Ihr diese Briefe aufgehoben?«

»Zu dem einfachen Zweck, um mich ihrer bei ihm zu bedienen, und ihn durch die Furcht vor einer Entdeckung zu zwingen, mir die nöthigen Summen zu liefern, sobald mich die Lust anwandeln sollte, meine gefährliche Laufbahn aufzugeben. Unvermuthet gefangen genommen, habe ich davon nicht den gewünschten Gebrauch machen können, aber jetzt bedaure ich dieses nicht.«

»Ich danke Euch,« entgegnete der Graf bewegt, »aber um Euch für einen so großen Dienst erkenntlich zu sein, sagt mir, ob ich nichts für Euch zu thun vermag.«

Rotharm blickte verstohlen um sich; der Beichtvater und die beiden Officiere hatten sich, um dem Grafen vollkommene Freiheit zu lassen, sich mit dem Gefangenen zu unterhalten, in die entfernteste Ecke des Kerkers zurückgezogen und schienen in einem lebhaften Gespräch begriffen.

»Ach! Herr Graf,« sagte er mit leiser Stimme, »jetzt ist es zu spät; ich hätte gewünscht ...«

»Sprecht, vielleicht kann ich Euch diesen letzten Wunsch befriedigen.«

»Wohlan! es sei. Nicht der Tod schreckt mich, wohl aber das Schaffot zu besteigen, und lebend dem Gespött und den Beschimpfungen dieses Volkes, welches so lange vor mir gezittert hat, preis gegeben zu sein; das ist es, was meine letzten Augenblicke stört und mich betrübt macht. Ich wünschte die Erwartung dieser wilden Menge, welche sich in der Hoffnung auf meine Todesstrafe freut, in der Weise zu täuschen, daß sie, wenn der Augenblick gekommen, nur noch meinen Leichnam findet. Sie sehen wohl, daß Sie nichts für, mich thun können, Herr Graf.«

»Ihr irrt Euch,« erwiderte dieser rasch, »im Gegentheil, ich vermag Alles: ich kann nicht allein Euch der Todesstrafe entziehen, sondern auch Eure beiden Gefährten werden derselben durch einen freiwilligen Tod entgehen, wenn sie es wollen.«

Ein Freudenstrahl blitzte in den Augen des Verurtheilten.

»Sprachen Sie die Wahrheit?« rief er.

»Still,« machte der Graf; »welches Interesse sollte ich haben. Euch zu täuschen, da es doch mein lebhaftester Wunsch ist, Euch meine Dankbarkeit zu beweisen.«

»In der That, aber durch welches Mittel?«

»Hört mich an: Dieser Ring, an meinem Finger enthält ein außerordentlich starkes Gift, man braucht nur die Kapsel zu öffnen und den Inhalt desselben einzuathmen, um zu sterben. Das Gift tödtet ohne Schmerz mit der Schnelligkeit des Blitzes. Einer meiner Vorfahren brachte diesen Ring von Neu-Spanien mit, wo er Vicekönig gewesen war. Die tiefe Kenntniß der Indianer, Gifte zu bereiten, wird Euch bekannt sein; da nehmt den Ring, wollt Ihr ihn?«

»Gewiß,« rief er, indem er ihn rasch ergriff und in seinem Busen verbargt; »haben Sie Dank, Herr Graf, Sie schulden mir nichts mehr, wir sind quitt; Sie thun für mich mehr durch das Geschenk dieses Ringes, als ich für Sie zu thun vermochte; haben Sie nochmals Dank! Ich sowohl wie meine armen Gefährten werden dem schimpflichen Schicksal entgehen, welches uns erwartet.«

Darauf traten sie zu den andern Personen, die ihre Unterredung abbrachen, als sie bemerkten, daß die ihrige zu Ende war.

»Meine Herren,« sagte Rotharm, »ich danke Ihnen aufrichtig dafür, daß Sie den Enthüllungen beiwohnten, die zu machen, mir mein Gewissen vorschrieb, jetzt fühle ich mich ruhiger; nur noch wenige kurze Augenblicke trennen mich vom Tode. Wäre es zu viel, wenn ich um die Vergünstigung bäte, mich auf kurze Zeit mit meinen beiden Gefährten, die auch verurtheilt sind, heute den Tod zu erleiden allein zu lassen?«

»Das ist ein letzter Trost,« sprach der Priester.

Der Director des Gefängnisses überlegte einen Augenblick.

»Ich sehe kein Hinderniß, Euch diese Bitte zu erfüllen,« sagte er endlich; »ich will die nöthigen Befehle geben, damit Eure Gefährten hierher geführt werden, Ihr mögt bis zu dem Augenblick der Hinrichtung beisammen bleiben.«

»Habt Dank, mein Herr,« rief Rotharm bewegt, »diese Gnade, die einzige welche Sie mir bewilligen können, ist für mich von hohem Werthe; seien Sie gesegnet für so viel Güte!«

Auf den Befehl des Directors des Gefängnisses rief die Schildwache den Kerkermeister herbei, welcher den Kerker öffnete.

»Leben Sie wohl, meine Herren,« sagte der Verurtheilte, »Gott sei mit Ihnen!«

Sie entfernten sich.

Nachdem der Graf von dem Priester und den beiden andern Personen Abschied genommen hatte, verließ er daß Gefängniß, ging über den mit einer dichten Menschenmasse angefüllten Platz und kehrte eilig in seine Wohnung zurück.

In diesem Augenblick schlug es sechs Uhr: dies war die zu der Hinrichtung festgesetzte Stunde.

Plötzlich herrschte wie durch Zauber eine Todesstille in dieser, einen Augenblick vorher so bewegten Menge.

Ihre Rache sollte endlich befriedigt werden.

VI.

Der Rächer.

Sobald der Graf seine Wohnung erreicht hatte, gab er Befehl zur Abreise; er hatte vollständig das Geschäft vergessen, um welches er nach Bruneck gekommen war; überdies, selbst wenn dasselbe noch wichtiger gewesen wäre, als es für ihn war, würde es ihn nicht zurückgehalten haben, so groß war seine Eile, fort zu kommen.

Indessen sah er sich genöthigt, noch einige Stunden in der Stadt zu verweilen; es war unmöglich, vor drei Uhr Nachmittags Pferde zu bekommen.

Er benutzte diesen Umstand, um ein Wenig zu ruhen; denn er war in der That äußerst ermüdet.

Bald fiel er in einen so tiefen Schlaf, daß er nicht einmal das Geschrei und die Verwünschungen der wüthenden Volksmenge vernahm, als man ihr, anstatt drei Verbrecher, welche sie seit so langer Zeit erwartete, um sich an ihrer Todesqual zu ergötzen und dadurch ihre Rache zu stillen, drei Leichname überlieferte.

In dem Augenblick, wo der Kerkermeister und die Gerichtsbeamten das Gefängniß betraten, um die Verurtheilten zur Richtstätte zu führen, hatten sie dieselben todt gefunden. –

Als der Graf wieder erwachte, war Alles beendet, die Läden waren geöffnet und die Stadt bot den gewöhnlichen Anblick dar.

Der Graf fragte nach seinem Wagen; er stand angespannt vor der Thür des Hauses.

Die letzten Vorbereitungen waren bald beendet; und so ging der Graf hinunter.

»Wohin gehen wir, Excellenz?« fragte der Postillon, mit der Hand am Hute.

»Wir nehmen den Weg nach Wien,« antwortete der Graf, indem er sich bequem in die Wagenecke lehnte.

Der Postillon knallte mit der Peitsche und fort ging es im Galopp.

Der Graf hatte überlegt und war zu folgendem Resultat gelangt:

Eine einzige Person war mächtig genug, um ihm schnelle Gerechtigkeit angedeihen zulassen; diese Person war der Kaiser.

Er ging daher direct nach Wien, um sich an denselben zu wenden.

Bruneck ist von Wien ziemlich weit entfernt; überhaupt waren zu jener Zeit, wo die Eisenbahnen erst im Entstehen begriffen, und nur auf gewissen Linien existirten, die Reisen lang, ermüdend und beschwerlich.

Die gegenwärtige dauerte siebenundzwanzig Tage.

Die erste Sorge des Grafen bei seiner Ankunft war, sich nach Seiner kaiserlichen Majestät zu erkundigen.

Der Hof befand sich in Schönbrunn.

Nun aber liegt Schönbrunn, das St.-Cloud der österreichischen Kaiser, nur etwa dreiviertel Stunden von Wien entfernt.

Um jedoch nicht durch ein falsches Verfahren seine kostbare Zeit zu verlieren, mußte er so schnell als möglich eine Audienz bei dem Kaiser zu erhalten suchen.

Der Graf Octave war von zu hohem Adel, um lange warten zu müssen: zwei Tage nach seiner Ankunft in Wien wurde ihm eine Audienz bewilligt.

Der Palast von Schönbrunn liegt wie wir bereits erwähnten, kaum dreiviertel Stunden von Wien, vor der Vorstadt Mariahilf etwas nach links.

Dieser kaiserliche Palast, von Joseph I. begonnen und von Maria Theresia vollendet, ist von einfacher, eleganter und anmuthiger Bauart, der es indessen nicht an einer gewissen Majestät fehlt.

Er besteht aus einem großen Hauptgebäude mit zwei Seitenflügeln, eine doppelte Treppe bildet den Aufgang zur Säulenhalle, die in das erste Stockwerk führt. Niedrige, mit dem Hauptgebäude parallele Gebäude dienen zu Wohnungen für die Dienerschaft und zu den Ställen, und verbinden die beiden äußersten Enden der Seitenflügel, welche nur an der Perronlinie eine zehn Meter breite Oeffnung lassen, zu deren beiden Seiten sich je ein Obelisk erhebt, um den Hof zu bezeichnen und abzuschließen.

Eine über die Wien, einen kleinen Fluß, der sich in die Donau ergießt, befindliche Brücke führt zum Schlosse, hinter welchem sich amphitheatralisch ein prächtiger Garten erhebt, der durch ein mitten auf einem prächtigen Grasplatz stehendes Belvedere beherrscht wird, zu welchem auf beiden Seiten schattige Laubgänge führen.

Schönbrunn, berühmt durch den zwiefachen Aufenthalt, welchen Napoleon der I. dort nahm und durch den schmerzlichen Todeskampf seines Sohnes, trägt den Stempel unbeschreiblicher Traurigkeit in sich. Alles darin ist düster und öde; dem Hofe mit seiner formellen Etiquette und seinen brillanten Paraden gelingt es nur unvollkommen, diesen Leichnam von Zeit zu Zeit zu beleben. Schönbrunn ist wie der Palast von Versailles nur ein Körper ohne Seele: nichts ist im Stande, ihm Leben zu verleihen.

Der Graf kam in Schönbrunn zehn Minuten vor der um Mittag festgesetzten Stunde seiner Audienz an.

Ein Kammerdiener erwartete ihn; er führte ihn sogleich zu Sr. Majestät.

Der Kaiser befand sich in einem Privatsalon, und lehnte am Kamine.

Der Empfang, welcher dem Grafen zu Theil wurde, war äußerst freundlich.

Die Audienz war lang, sie dauerte beinahe vier Stunden; Keiner hat je erfahren, was zwischen dem Kaiser und dem Vasallen verhandelt wurde.

Nur die letzten Worte dieser vertrauten Unterredung wurden vernommen.

In dem Augenblicke, als der Graf von dem Kaiser Abschied nahm, sagte dieser, indem er ihm die Hand zum Kusse reichte:

»Ich glaube, es ist besser, so zu handeln; man muß überhaupt im Interesse des ganzen Adels, um welchen Preis es auch sei, den schrecklichen Scandal zu vermeiden suchen, welchen die Entdeckung einer so entsetzlichen Sache hervorbringen würde; meine Unterstützung wird Ihnen nicht fehlen; gehen Sie, Herr Graf, Gott gebe, daß Sie mit den Mitteln, die ich zu Ihrer Verfügung stelle, Ihren Zweck erreichen.«

Der Graf verbeugte sich ehrfurchtsvoll und verließ den Salon.

Noch an demselben Abend reiste er von Wien ab und schlug den Weg nach seiner Heimat ein.

Zu gleicher Zeit mit ihm reiste ein von dem Kaiser abgesandter Cabinetscourir denselben Weg.

Hier hielt der Abenteurer in seiner Erzählung inne, und sich zu dem Grafen wendend, sagte er:

»Vermuthet Ihr, was zwischen dem Kaiser und dem Grafen vorgegangen war?«

»Beinahe,« antwortete dieser.

»Ah! meinte der Erstere erstaunt, »ich bin neugierig, das Resultat Eurer Gedanken kennen zu lernen.«

»Ihr wünscht also, daß ich es Euch sage?«

»Gewiß.«

»Mein lieber Don Adolfo,« nahm der Graf wieder das Wort, »wie Ihr wißt, bin ich von Adel; in Frankreich ist der König nur der erste Edelmann seines Reiches, der primus inter pares, und ich glaube, daß es beinahe überall so ist. Nun aber berührt irgend ein Angriff gegen ein Glied des Adels eben so ernst den Souverain, wie alle andere Edeln jedes Reichs. Als der König von Frankreich den Grafen von Horn verurtheilte, auf dem Grèveplatz lebendig gerädert zu werden, weil er einen Juden in der Quincampoixstraße bestohlen und ermordet hatte, antwortete er einem Hofherren, welcher sich bei ihm zu Gunsten des Schuldigen verwendete und ihm vorstellte, daß der Graf Horn, mit den souverainen Familien verbunden, sein Verwandter sei: »Sobald ich schlechtes Blut habe, lasse ich mir zur Ader,« und wandte dem Bittsteller den Rücken; dies hinderte den Adel nicht, seine Kutschen zu der Hinrichtung des Grafen Horn zu schicken. Nun ist die Sache, von welcher Ihr redet, beinahe dieselbe; nur ist der österreichische Kaiser, obgleich er einsieht, daß der Schuldige bestraft werden muß, weniger gerecht als der Regent von Frankreich und weicht vor der Oeffentlichkeit zurück, welche nach ihm den ganzen Adel seines Landes treffen würde. Deßhalb ist er, wie alle schwache Menschen, auf halbem Wege stehen geblieben, das heißt, er hat dem Grafen wahrscheinlich eine Vollmacht gegeben, vermittelst welcher dieser bei der ersten Gelegenheit auf seinen edlen Verwandten losgehen, ihn tödten oder ihn selbst ermorden lassen kann, ohne irgend einen Proceß, um sich, indem er seinen Feind über Seite schafft, die nachgesuchte Gerechtigkeit zu verschaffen. Denn sobald der Prinz todt ist, würde es leicht sein, seiner Schwägerin und ihrem Sohne – wenn es gelänge, denselben aufzufinden – die Titel und das Vermögen wieder zu geben, dessen sein Onkel ihn so verbrecherischer Weise beraubt hat. Das ist es, was nach meiner Meinung zwischen dem Kaiser und dem Grafen in dieser langen Audienz zu Schönbrunn hätte beschlossen werden sollen.«

»Es geschah in der That so, Herr Graf; allein der Kaiser forderte, daß die Feindseligkeiten zwischen dem Grafen und dem Prinzen nicht eher beginnen sollten, als bis dieser sich außerhalb der Grenzen des Kaiserreichs befände. Ferner ersuchte der Graf den Kaiser, diejenigen Mittel zu seiner Disposition zu stellen, deren er bedurfte, um seinen Neffen, wenn derselbe noch am Leben sein sollte, wiederaufzufinden, wozu der Kaiser seine Einwilligung gab.

»Der Graf kehrte mit einer Vollmacht Sr. Majestät versehen, auf sein Schloß zurück. Diese Vollmacht verlieh ihm die ausgedehnteste Macht, um seine Rache zu verfolgen, und war außerdem mit einem kaiserlichen Schreiben versehen, um ihm je nach Bedürfniß die Mitwirkung aller kaiserlichen Agenten in Oesterreich sowohl wie im Auslande zu sichern.

»Der Graf war, wie Ihr begreifen werdet, nur wenig von den Bedingungen befriedigt, welche ihm der Kaiser auferlegt hatte; aber da er die Unmöglichkeit einsah, mehr zu erlangen, so war er gezwungen, sich darein zu ergeben.

»Sicherlich hätte er, welches auch die Folgen sein mochten, einen öffentlichen Proceß der schändlichen und elenden Rache, die man ihm gestattete, vorgezogen; aber besser war es noch immer im Interesse seiner Schwester und seines Neffen, diese halben Vergünstigungen erhalten zu haben, als an einer formellen Weigerung zu scheitern.

»Er begann also sogleich die eifrigsten Nachforschungen nach seinem Neffen; zu diesem Zweck enthielten die Papiere Rotharm's die kostbarsten Berichte. Ohne seiner Schwester etwas zu sagen, aus

Furcht ihr falsche Hoffnungen zu machen, setzte er die Sache in's Werk. Was soll ich mehr sagen, meine Freunde? Seine Nachforschungen waren lange vergeblich und dauern noch fort, die Situation beginnt indessen sich zu lichten, der Graf ist so glücklich gewesen, seinen Neffen wiederzufinden. Seit dieser Entdeckung hat er den jungen Mann nie aus den Augen verloren, obwohl dieser noch nicht die heiligen Bande kennt, welche ihn an den Mann knüpfen, der ihn erzogen hat und der ihn wie einen Vater liebt. Der Graf hat dieses Geheimniß selbst seiner Schwester gegenüber bewahrt, da er es ihr nur dann entdecken wollte, wenn er zugleich hinzufügen könnte, daß die Gerechtigkeit den Schuldigen getroffen und endlich ihr seit so vielen Jahren beweinter Gatte gerächt ist.

»Obwohl seit dieser Zeit die beiden Feinde oft einander gegenüber standen und manche Gelegenheit dem Grafen sich bot, seinen Feind zu tödten, so hat er sich doch niemals durch seinen Haß fortreißen lassen, oder um aufrichtiger zu sein, sein Haß hat ihm die Kraft verliehen, zu warten; der Graf will seinen Feind tödten, aber er will, daß er vorher enthert sei und nicht in einem ehrenwerthen Kampfe besiegt falle, sondern wie ein Verbrecher gerichtet werde, indem er endlich die Strafe für seine Missethaten empfängt.«

Nachdem der Abenteurer diese letzten Worte ausgesprochen hatte, schwieg er.

Eine tiefe Stille herrschte unter den drei Anwesenden.

Die Nacht war vorüber; weißliche Lichtstreifen drangen durch die halb offenen Fenster; der Schein der Kerzen erblich; ein dumpfes Geräusch zeigte an, daß die Stadt aus ihrem Schlummer erwache und die entfernten Glocken der Klöster und Kirchen riefen die Gläubigen zur Frühmesse.

Der Abenteurer erhob sich von seinem Sitz und schritt im Zimmer auf und nieder, indem er zuweilen einen durchdringenden Blick auf seine beiden Gefährten warf.

Dominique, in seine Butacca zurückgelehnt, rauchte mechanisch mit halbgeschlossenen Augen seine indianische Pfeife. Der Graf de-la-Saulay trommelte mit seinen Händen ein Stückchen auf dem Tische, während er aus dem Winkel seines Auges den Bewegungen des Abenteurers folgte.

»Don Adolfo,« sagte er plötzlich, indem er den Kopf in die Höhe hob und ihn fest anblickte, »ist denn Eure Geschichte zu Ende?«

»Ja,« antwortete lakonisch der Abenteurer.

»Ihr habt nichts hinzuzufügen?«

»Nein.«

»Nun, mein Freund, Ihr werdet mich entschuldigen, aber ich glaube, daß Ihr Euch irrt.«

»Ich verstehe Euch nicht, mein lieber Graf.«

»Ich will mich erklären, aber unter einer Bedingung.«

»Welche?«

»Daß Ihr mich nicht unterbrecht.«

»Es geschehe, wie Ihr verlangt. Nun, ich höre.«

Und er begann wieder seinen Spaziergang.

»Mein Freund,« begann der Graf, »als ich in Amerika landete, war das erste sympathische Gesicht, welches mir begegnete, das Eurige. Obwohl Beide in sehr verschiedenen Lagen, hat es dem Zufall gefallen, uns mit so vieler Beharrlichkeit zu vereinigen, daß die anfangs oberflächliche Bekanntschaft, ohne daß wir selbst wissen, auf welche Weise, zu einer aufrichtigen und tiefen Neigung geworden ist. Man verbindet sich aber nicht mit einem Manne wie ich es mit Euch gethan habe, ohne den Character dieses Mannes ein Wenig zu studiren; das habe ich gethan und Ihr werdet es in Bezug auf mich auch gethan haben. Nun aber glaube ich, Euch genau genug zu kennen, mein Freund, um überzeugt zu sein, daß Ihr heute Nacht zu dem alleinigen Zweck in unser Haus gekommen seid, um hier zu soupiren, oder vielmehr, gerade heraus gesagt, um ein Gelage zu halten, was weder mit Eurem Character noch mit Euren Sitten übereinstimmt, da Ihr der mäßigste Mann seid, den ich bis jetzt kennen gelernt habe. Deßhalb nun frage ich mich, weßhalb Ihr, der Ihr sonst mit Euren Worten und hauptsächlich mit Geheimnissen geizt, Ihr uns diese interessante Geschichte mitgetheilt habt, die dem Anscheine nach uns in keiner Weise etwas angeht, und für uns nur ein durchaus secundaires Interesse haben dürfte. Ich muß mir diese Frage dahin beantworten, daß Ihr diesen Abend hierhergekommen seid, nicht um ein Abendessen, dessen Ihr nicht bedurftet, bei uns zu verlangen, sondern nur um uns diese Geschichte mitzutheilen, die Euch mehr interessirt als vielleicht uns. Daraus schließe ich, daß Ihr uns noch Etwas zu sagen, oder um deutlicher zu reden, noch Etwas von uns zu fordern habt.«

»In der That, das ist klar,« sagte Dominique.

»Wohlan, ja, Alles was Ihr voraussetzt, ist wahr. Das Abendessen war nur ein Vorwand und ich bin in Wahrheit heute Nacht nur in der Absicht hierhergekommen, um Euch diese Geschichte mitzutheilen.«

»Ei, das nenne ich wenigstens offen gesprochen,« sprach Dominique erfreut.

»Allein, ich gestehe Euch jetzt,« fuhr der Abenteurer betrübt fort, »daß ich nun aus Furcht zögere.«

»Ihr habt Furcht, Ihr – und warum?« riefen die beiden jungen Leute überrascht.

»Weil diese lange Geschichte nächstens eine schreckliche Entwicklung haben wird und ich, in der Absicht hierhergekommen. Eure Mitwirkung zu erbitten, jetzt vor dem Gedanken zurückschrecke. Euch, so jung, glücklich und sorglos, indirect in diese furchtbare Geschichte zu verwickeln, der Ihr fremd bleiben solltet. Ich bitte Euch, meine Freunde, vergeßt, was Ihr gehört habt.«

»Nein, auf meine Ehre, Don Adolfo,« rief der Graf energisch aus, »so soll es nicht sein, das schwöre ich Euch, ich spreche für mich und für Dominique. Ihr bedürft unserer, hier sind wir; ich weiß nicht, welches geheime Interesse Ihr bei dieser Sache habt, ich will nicht einmal die Beweggründe zu erforschen suchen, die Euch so handeln lassen, aber ich wiederhole Euch, uns von Euch entfernen, wenn Ihr einer großen Gefahr entgegen geht, welche wir, indem wir sie theilen, vielleicht von Euch abwenden könnten, bewiese uns, daß Ihr weder Achtung noch Freundschaft für uns habt, und uns mehr als junge Leute ohne Festigkeit, denn als muthige Männer betrachtet.«

»Ihr geht zu weit, mein lieber Graf,« fiel ihm der Abenteurer lebhaft in's Wort; »ich habe nie solche Gedanken gehabt, weit entfernt;

allein, ich wiederhole Euch, ich zittere bei dem Gedanken, daß ich Euch in diese Sache, die Euch nichts angeht, mischen soll.«

»Verzeiht mir, mein Freund, von dem Augenblicke an, wo sie Euch interessirt, geht sie auch uns an, und wir haben das Recht, uns hinein zu mischen.«

Der Abenteurer senkte das Haupt und schritt wieder erregt im Salon auf und nieder.

»Nun, so sei es,« sagte er nach einer Weile, »da Ihr es fordert, meine Freunde, so wollen wir vereint handeln. Ihr werdet mich in Dem unterstützen, was ich unternommen habe, dann bleibt mir die Hoffnung, daß wir zum Ziel gelangen werden.«

»Davon bin ich überzeugt,« setzte der Graf hinzu.

»So laßt uns aufbrechen,« sprach Dominique, indem er sich vom Tische erhob.

»Noch nicht, aber der Augenblick ist nahe; ich versichere Euch, daß Ihr nicht lange mehr zu warten habt; noch eine letzte Gesundheit und ein letztes Lebewohl. – Ah! ich vergaß, in dem Falle, daß ich nicht selbst kommen könnte, soll das Losungswort sein: »Eins und zwei sind drei.« Das ist sehr einfach, Ihr werdet Euch daran erinnern, nicht wahr?«

»Gewiß.«

»Nun denn, lebt wohl!«

Fünf Minuten später hatte der Abenteurer das Haus verlassen.

VII.

Sonnenblicke.

Das kleine Haus der Vorstadt, in welchem Donna Dolores zwischen Donna Maria und Donna Carmen einen so sicheren, wenn auch einfachen Zufluchtsort gefunden hatte, war eine reizende Wohnung, einfach aber geschmackvoll meublirt. Hinter demselben befand sich, etwas Seltenes in Mexiko, ein allerliebster Garten, dessen dichte Gebüsche einen schattigen und kühlen Aufenthalt gegen die glühende Mittagshitze darboten.

Hier in diesen duftigen Bosquets war es, wohin sich die beiden jungen Mädchen zurückzogen, um ungestört mit einander zu plaudern, während ihr fröhliches Lachen sich mit dem heiteren Gezwitscher der Vögel mischte.

Nur drei Personen hatten Zutritt in dieses Haus. Diese drei Personen waren der Abenteurer, der Graf und Dominique.

Immer durch seine geheimnißvollen Beschäftigungen in Anspruch genommen, machte der Abenteurer nur seltene und kurze Besuche.

Nicht so war es mit den jungen Männern.

Während der ersten Tage hatten sie sich streng nach den Rathschlägen ihres Freundes gerichtet, und nur kurze Besuche abgestattet; aber bald waren dieselben, durch den unsichtbaren Zauber, welcher sie unwillkürlich anzog, unter allerlei Vorwand häufiger und länger geworden, und endlich brachten sie fast den ganzen Tag bei den Damen zu.

Eines Tages, als die Bewohner des kleinen Hauses heiter plaudernd im Garten saßen, ertönte draußen ein furchtbarer Lärm.

Der alte Diener eilte ganz bestürzt herbei und meldete seiner Herrin, daß eine Räuberbande vor dem Hause sei, welche Einlaß begehre und die Thür zu erbrechen drohe, wenn man ihnen denselben verweigerte.

Der Graf beruhigte Donna Maria, bat sie nicht ängstlich zu sein und mit den beiden jungen Mädchen im Garten zu bleiben, während er mit Dominique auf die Hausthür zuschritt.

Raimbaut war zufällig einige Minuten früher gekommen, um seinem Herrn einen Brief zu bringen; seine Anwesenheit war bei dieser Gelegenheit von höchster Wichtigkeit.

Nachdem die drei Männer ihre Doppelflinten und Revolver ergriffen und sich mit wenigen Worten verständigt hatten, näherte sich der Graf der Thür, gegen welche die Räuber ihre Schläge verdoppelten und befahl dem alten Diener, dieselbe zu öffnen.

Kaum war dies geschehen, so stürzten ein Dutzend Männer mit wüthendem Geschrei in die Hausflur.

Aber plötzlich hielten sie inne.

Höchstens zehn Schritt vor ihnen standen unbeweglich drei Männer, die ihre Flinten auf sie angelegt hatten und bereit waren, loszudrücken.

Größtentheils ohne Waffen – so sehr waren sie überzeugt, keinem Widerstände zu begegnen – nur mit den in ihren Gürteln befindlichen Messern versehen, machten sie erschreckt Halt bei dem Anblick der auf sie gerichteten Flinten.

Die stolze Haltung der drei Männer imponirte ihnen, sie zögerten und warfen schließlich einander bestürzte Blicke zu.

Das war nicht, was man ihnen gesagt hatte. Dieses dem Anscheine nach so ruhige Haus, enthielt eine Besatzung zu seiner Vertheidigung.

Der Graf übergab seine Flinte dem alten Diener, und sich mit einem sechsläufigen Revolver bewaffnend, trat er den Räubern entschlossen entgegen.

Diese begannen zu weichen und hatten bald die Thür erreicht; hier machten sie plötzlich Kehrt und ergriffen eiligst die Flucht.

Der Graf schloß ruhig die Thür hinter ihnen.

Die beiden jungen Leute brachen in ein herzliches Gelächter aus Über ihren leichten Sieg und kehrten zu den im Garten versteckten zitternden Damen zurück.

Diese Lehre war hinreichend; die Ruhe der Bewohner des kleinen Hauses wurde seitdem nicht wieder gestört.

Nichtsdestoweniger war Donna Maria den beiden jungen Leuten für den ihr erwiesenen Dienst erkenntlich, sie fand ihre Besuche nicht mehr zu lang und wenn sie aus Schicklichkeit aufbrechen wollten, forderte sie sie auf, noch länger zu bleiben.

Allerdings vereinigten die jungen Mädchen ihre Bitten mit der ihrigen, so daß der Graf und sein Freund sich leicht überreden ließen und bald den größten Theil des Tages bei ihnen zubrachten.

Es war am Tage nach der Nacht, welche Don Adolfo bei seinen Freunden zugebracht hatte; die Mittagsstunde hatte bereits lange von allen Kirchthürmen der Stadt geschlagen, und die beiden jungen Männer, welche sich gewöhnlich um elf Uhr Morgens bei Donna Maria einstellten, waren noch immer nicht erschienen.

Die jungen Mädchen beschäftigten sich im Speisesaal scheinbar mit dem Ordnen und Abstäuben der Meubel, um nicht genöthigt zu sein, zu Donna Maria zu gehen, die sie seit langer Zeit im Garten erwartete.

Obwohl Beide nicht sprachen, so hatten sie doch, während sie die Meubel ordneten oder vielmehr in Unordnung brachten, fortwährend die Augen auf die Uhr gerichtet.

»Begreifst Du, Carmencita,« sagte endlich Donna Dolores, indem sie auf reizende Weise das Mäulchen hängenließ, »weshalb mein Vetter noch nicht hier ist?«

»Es ist unbegreiflich, Querida,« antwortete Donna Carmen sogleich, »ich gestehe, daß ich sehr in Unruhe bin, die Stadt ist, wie man sagt, augenblicklich in großer Verwirrung, es wird den armen jungen Leuten doch nichts Schlimmes zugestoßen sein.«

»Oh! das wäre schrecklich, wenn Ihnen ein Unglück widerfahren wäre.«

»Was sollten wir allein und ohne Schutz in diesem Hause anfangen? wo wir ohne ihre Hülfe bereits ermordet worden wären.«

»Um so mehr, als wir auf Don Jaime, der immer abwesend ist, nicht rechnen können.«

Die beiden jungen Mädchen seufzten tief, blickten sich einen Augenblick schweigend an; dann fielen sie einander in die Arme und brachen in Thränen aus.

Sie hatten sich verstanden.

Nicht für sich selbst fürchteten sie.

»Du liebst ihn also?« fragte endlich Donna Dolores mit leiser Stimme und halb ihrer Freundin in's Ohr flüsternd.

»Oh! ja,« antwortete diese sanft, »und Du?«

»Ich, auch.«

Das Geständniß war gemacht; sie verstanden sich jetzt und hatten einander nichts mehr zu verheimlichen.

»Seit wann liebst Du ihn?« begann Donna Carmen wieder.

»Ich weiß es nicht; es ist mir, als hätte ich ihn stets geliebt.«

»Bei mir ist es ebenso.«

Nichts ist so süß und rein, als die naive Liebe eines jungen Mädchens. Es ist die kaum zu den menschlichen Empfindungen erwachte Seele, welche ihre Engelsfittige versucht, um in die unbekannten Regionen einer idealen Welt zu fliegen.

»Und er, liebt er Dich?« fragte Carmen sanft.

»Er liebt mich, weil ich ihn liebe.«

»Das ist wahr,« entgegnete Carmen überzeugt.

Die Liebe hat das Schöne für sich, daß sie wesentlich unlogisch ist, sonst wäre sie keine Liebe.

Plötzlich richteten sich die beiden jungen Mädchen wieder auf, indem sie die Hand auf ihr Herz legten.

»Da ist er,« sagte Dolores.

»Er kommt,« sprach Carmen gleichzeitig.

Woher wußten sie dies? Draußen herrschte die tiefste Stille.

Sie verließen den Speisesaal und flüchteten wie zwei aufgescheuchte Tauben in den Garten.

Fast gleich darauf wurde an die Thür geklopft.

Der alte Diener, dem wahrscheinlich das Klopfen schon bekannt war, eilte, um zu öffnen.

Der Graf und sein Freund traten in das Haus.

»Wo sind die Damen?« fragte der Graf.

»In der Huerta, Excellenz,« versetzte der Diener, indem er die Thür hinter ihnen schloß.

Die Damen saßen in einem Bosquet, Donna Maria stickte, die jungen Mädchen lasen scheinbar so aufmerksam, daß sie, obwohl sie plötzlich tief erröteten, die Tritte der Besucher nicht vernahmen, und sehr überrascht schienen, als sie dieselben bemerkten.

Diese begrüßten, als sie unter das Bosquet traten, die Damen ehrerbietig.

»Da sind Sie endlich, meine Herren,« sagte Donna Maria freundlich; »wissen sie, daß wir sehr in Unruhe über Ihr langes Ausbleiben waren?«

»Oh nein!« meinte Donna Carmen, den Mund verziehend.

»Nicht sehr,« murmelte Donna Dolores, »die Herren haben wahrscheinlich anderswo Gelegenheit gefunden, sich zu belustigen, und haben dieselbe benutzt.«

Der Graf und Dominique blickten die jungen Mädchen verwundert an, sie begriffen sie nicht.

»Seht, seht, Ihr kleinen Närrinnen,« sagte Donna Maria sanft, »quält die armen jungen Herrn nicht so, Ihr macht sie ganz verwirrt, es ist wahrscheinlich, daß sie eher gekommen, wenn es ihnen möglich gewesen wäre.«

»Oh! die Herren haben vollkommene Freiheit, zu kommen, wenn es ihnen beliebt,« sprach Donna Dolores geringschätzend.

»Wir werden doch nicht über so geringfügige Dinge streiten,« setzte Carmen in demselben Tone hinzu.

Dies war der Gnadenstoß für die jungen Leute, sie kamen vollständig aus der Fassung.

Die spöttischen Kinder betrachteten sie einen Augenblick verstohlen, dann brachen sie plötzlich in ein so herzliches Gelächter aus, daß der Graf und Dominique vor Aerger bleich wurden.

»Wahrhaftig!« rief der Vaquero, indem er zornig mit dem Fuße stampfte, »das ist auch zu böse, uns so für einen Fehler zu bestrafen, den wir nicht verschuldet haben.«

»Don Adolfo hat uns wider Willen so lange zurückgehalten,« sprach der Graf.

»Sie haben Don Jaime gesehen?« fragte Donna Maria.

»Ja, Madame, er hat uns heute Nacht gegen elf Uhr besucht.«

Darauf setzten sich die Herren und es entspann sich eine muntere Unterhaltung.

Donna Carmen und Dolores fuhren fort, sie zu quälen, sie waren glücklich, sie so vollständig aus der Fassung gebracht zu haben, obwohl sie ihnen innerlich grollten, daß sie das Gefühl nicht verstanden hatten, welches ihre Vorwürfe dictirte.

Was den Grafen und Dominique anbelangt, so fühlten sie sich glücklich in der Nähe dieser schönen, naiven Kinder. Sie berauschten sich in dem Feuer ihrer Blicke, lauschten mit Entzücken ihrer sanften Stimme, ohne an etwas Anderes zu denken, als sich so lange wie möglich dieses Glückes zu erfreuen.

So verfloß der ganze Nachmittag – für sie mit der Schnelligkeit eines Traumes.

Um neun Uhr Abends nahmen sie Abschied.

Sie kehrten schweigend in ihre Wohnung zurück.

»Willst Du schlafen?« fragte der Graf seinen Freund, als sie in ihrem Zimmer waren.

»Ei nein,« erwiderte dieser; »weshalb?«

»Weil ich mit Dir zu plaudern wünschte.«

»Das trifft sich gut, mein Freund, ich habe auch mit Dir zu reden.«

»Ah« meinte der Graf, »nun, wenn Du willst, so wollen wir dabei eine Cigarre rauchen und einen Grog trinken.«

»Damit bin ich einverstanden.«

Die beiden jungen Männer setzten sich einander gegenüber und zündeten ihre Cigarren an.

»Welch' entzückenden Tag haben wir verlebt!« begann der Graf.

»Wie könnte es bei so liebenswürdigen Menschen anders sein,« antwortete Dominique.

Und wie in Uebereinstimmung seufzten die jungen Leute.

Der Graf schien einen plötzlichen Entschluß gefaßt zu haben.

»Laß hören,« sagte er zu seinem Freund, »willst Du offen sein?«

»Du weißt wohl, daß ich es gegen Dich stets sein werde,« erwiderte Dominique.

»Wohlan! so höre. Du weißt, daß ich seit kaum einigen Monaten in Mexiko bin, aber Du kennst nicht den Beweggrund, der mich in dieses Land geführt hat.«

»Ich glaube, gehört zu haben, daß Du in der Absicht gekommen seiest, Deine Cousine, Donna Dolores de-la-Cruz zu heirathen.«

»Das ist die Wahrheit; aber was Du nicht weißt, ist die Art und Weise, wie diese Heirath beschlossen wurde, und die Gründe, welche mich verhindern, diese Verbindung abzubrechen.«

»Ah!« meinte Dominique.

»Ich werde kurz sein; vernimm also, daß ich schon seit meiner Kindheit nach den Bedingungen eines Familienbeschlusses, der Verlobte meiner Cousine Donna Dolores war, von deren Dasein ich nicht einmal eine Ahnung hatte. Zum Manne gereift, forderten mich meine Eltern auf das Versprechen, welches sie, ohne mich zu fragen, in meinem Namen eingegangen waren, zu erfüllen. Ungeachtet des ganz natürlichen Widerwillens, den ich gegen diese seltsame Verbindung mit einer Frau, die ich nicht kannte, empfand, mußte ich dennoch gehorchen. Ich verließ mit Bedauern das glückliche, ruhige und sorglose Leben, welches ich in Paris in der Mitte meiner Freunde führte, und schiffte mich nach Mexiko ein. Don Andrès de-la-Cruz empfing mich bei meiner Ankunft mit der lebhaftesten Freude, überhäufte mich mit den zartesten Aufmerksamkeiten, und stellte mich seiner Tochter, meiner Braut, vor. Donna Dolores nahm mich kalt auf, sogar mehr als kalt, wahrscheinlich war sie eben so wenig wie ich von der Verbindung entzückt, welche man sie zwang, mit einem Unbekannten einzugehen; sie fühlte sich von dem Rechte bedrückt, das sich Ihr Vater angemaßt hatte, indem er, ohne sie zu befragen, selbst ohne sie davon in Kenntniß zu setzen, über ihre Hand Verfügung traf; denn, wie ich später vernahm, wußte Donna Dolores durchaus nichts über das zwischen unsern Familien geschlossene Uebereinkommen. Was mich anbetrifft, so war ich entzückt über den kalten Empfang, der mir von Derjenigen zu Theil wurde, die meine Gattin werden sollte; ich schöpfte daraus die Hoffnung, daß diese Verbindung vielleicht nicht geschlossen werden würde. Du weißt, Donna Dolores ist sehr schön.«

»Oh! ja,« murmelte Dominique.

»Ihr Charakter ist liebenswürdig, ihr Geist gebildet; ja, sie vereinigt alle Anmuth und alle verführerische Anziehungskraft in sich, die sie zu einem vollendeten Weibe machen.«

»Oh! ja,« wiederholte Dominique, »dies Alles, was Du sagst, ist die strengste Wahrheit.«

»Und doch kann ich sie nicht lieben, dieses Gefühl ist stärker als ich, dennoch nöthigt mich die Pflicht, sie zu heirathen. Donna Dolores ist plötzlich eine Waise geworden, sie ist fast ruinirt und ohne Vertheidigung dem Hasse ihres Bruders ausgesetzt; verlobt mit ihr, freilich gegen meinen Willen, aber doch wirklich verlobt, befiehlt mir die Ehre, diese Verbindung einzugehen, den letzten Wunsch ihres sterbenden Vaters zu erfüllen, und dennoch liebe ich ...«

»Was willst Du sagen?« rief Dominique mit keuchender Stimme.

»Verzeih' mir, Dominique; aber ich liebe Donna Carmen.«

»O! Gott sei gelobt.«

»Wie? was meinst Du?«

»Ich liebe auch,« antwortete Dominique, »Du machst mich sehr glücklich, denn Die, welche ich liebe, ist Donna Dolores!«

Der Graf reichte ihm die Hand; Dominique warf sich in seine Arme.

Lange blieben sie heiß umschlungen, endlich machte sich der Graf sanft los und sagte, indem er in seine Worte all' die Gefühle legte, die sein Herz bewegten:

»Laß uns hoffen!«

VIII.

Ein Ehrenmann.

Es war zwei Uhr Nachmittags. Kein Lüftchen regte sich, das Land schien unter der Wucht der senkrechten brennenden Sonnenstrahlen in Schlaf gesunken zu sein. Die zerstreuten Kiesel einer breiten, sich in unzähligen Krümmungen durch ein dürres Land hinziehenden Straße leuchteten wie Diamanten, während von den weißlich grauen Felsmassen der Gegend ein blendendes Licht ausströmte.

Die Atmosphäre, von vollkommener Durchsichtigkeit, – wie es stets in Klimaten der Fall ist, die wenig Feuchtigkeit haben, – ließ bis zum letzten Punkte des Horizonts die verschiedenen Gestaltungen der Landschaft mit einer Deutlichkeit in allen ihren Einzelheiten erkennen, die ihnen wegen der mangelnden Luftperspective etwas Hartes verlieh und dem Auge einen trüben Anblick gewährte.

An einer Stelle, wo diese Straße, sich mehrmals theilend, eine Art Kreuzweg bildet, stand ein Häuschen aus weißem Mauerwerk mit italienischem Dach, dessen Thür mit einem aus schlecht behauenen Baumstämmen gebildeten Vorbau versehen war, welcher einen Balkon trug, der durch ein enges Gitter wie ein Käfig geschlossen war.

Dieses Häuschen war eine Venta.

Mehre an dem Vorbau befestigte Pferde schienen, nach ihren keuchenden, von Schweiß triefenden Flanken zu urtheilen, eben so sehr durch die Hitze wie durch Anstrengung erschöpft zu sein.

Hier und dort schliefen einige in ihre Zarapen gehüllte Männer, den Kopf im Schatten, während ihr Unterkörper der Sonne ausgesetzt war, den Schlaf der Gerechten.

Diese Männer waren Guerilleros; eine schlaftrunkene Schildwache lehnte, auf ihre Lanze gestützt, gegen die Mauer und hütete die in Bündel geordneten Waffen der Cuadrilla.

Unter dem Vorbau selbst, saß ein Offizier auf einer Hängematte, die er mit den Füßen in schaukelnde Bewegung setzte, während er mit verstellter Stimme die schmachtenden Liebesworte eines Trauernden summte.

Ein kleiner, dickbäuchiger Mann, mit boshaften, grauen Augen und spöttischer Miene trat aus der Venta und näherte sich der Hängematte.

»Sennor Don Felipe,« sagte er, indem er höflich den improvisirenden Musiker grüßte, »wollt Ihr nicht speisen?«

»Sennor Ventero,« antwortete der Offizier in hochmüthigem Tone, »es scheint mir, daß Ihr, wenn Ihr mit mir sprecht, etwas respectvoller sein und mir den Titel geben könntet, auf den ich ein Recht habe, ich meine, Ihr könnt mich Colonel nennen.«

»Entschuldigt mich, Herr,« antwortete der Wirth mit einer abermaligen und tieferen Verbeugung als der ersten, »ich bin Ventero, und daher wenig mit den militairischen Graden vertraut.«

»Nun gut, Ihr seid entschuldigt! Ich werde noch nicht zu Mittag essen, da ich Jemand erwarte, der hoffentlich nicht mehr lange ausbleiben wird.«

»Oh! das trifft sich wirklich sehr unglücklich, Sennor Colonel Don Felipe,« erwiderte der Ventero; »die Mahlzeit, die ich mit großer Sorgfalt bereitet habe, wird verderben.«

»Das würde allerdings ein Unglück sein, aber was ist da zu machen? Meinetwegen denn! so richtet an, ich habe lange genug gewartet und einen großen Heißhunger, als daß ich meine Mahlzeit noch länger verschieben sollte.«

Der Wirth verneigte sich und ging.

Indessen hatte sich der Guerillero entschlossen, seine Hängematte zu verlassen. Nachdem er eine Cigarrette von Maisstroh angezündet, trat er vor den Portillo und betrachtete, die Arme auf dem Rücken gekreuzt, die Cigarre im Munde, aufmerksam den Horizont. Ein durch den raschen Lauf seines Pferdes in eine dichte Staubwolke gehüllter Reiter näherte sich ihm von der Seite.

Don Felipe stieß einen Freudenschrei aus, als er in ihm den so lange Erwarteten erkannte.

»Uf!« rief der Reisende, als er sein Pferd vor dem Portillo anhielt und zu Boden sprang, »ich halte es nicht mehr aus, es ist eine entsetzliche Hitze!«

Auf einen Wink des Colonel nahm ein Soldat dem Reisenden das Pferd ab und führte es in den Corral.

»Ah! Sennor Don Diego, seid willkommen,« sagte der Colonel und reichte ihm die Hand; »ich verzweifelte fast, Euch zu sehen. Das Mittagessen erwartet uns; nach einem solchen Ritt werdet Ihr einen wahren Wolfshunger haben.«

Der Ventero führte sie darauf in einen entfernten Cuarto. Die beiden Gäste setzten sich zu Tische und sprachen mit kräftigem Appetit den vor ihnen stehenden Schüsseln zu.

Während der ersten Hälfte der Mahlzeit nur beschäftigt, ihren nagenden Hunger zu stillen, tauschten sie nur wenige Worte aus; bald aber ließ ihr Eifer nach und sie lehnten sich mit einem Ah! der Befriedigung in ihre Butaccas zurück, drehten ihre Cigarren, zündeten sie an und begannen zu rauchen, während sie den vortrefflichen Refino von Cataluna dazu tranken, welchen ihnen der Wirth, als unumgänglich zum Diner gehörend, gebracht hatte.

»Nun,« sagte Don Diego, »jetzt sind wir, Dank Gott und dem heiligen Julian, dem Schutzpatron der Reisenden, gesättigt, und so wollen wir denn ein Wenig plaudern, lieber Colonel.«

»Das ist auch mein Wunsch,« antwortete dieser mit feinem Lächeln.

»Wohlan,« nahm Don Diego wieder das Wort, »ich will Euch mittheilen, daß ich gestern mit dem General über eine Sache gesprochen habe, die ich Euch vorzuschlagen gedachte. Wißt Ihr, was er mir geantwortet hat? »Thut das nicht, mein lieber Don Diego; trotz seiner hohen Fähigkeiten, ist der Colonel Don Felipe ein Dummkopf, voll der lächerlichsten Vorurtheile, er würde die große patriotische Tragweite dieser Sache, nicht begreifen. Er kennt nur den Werth des Geldes und würde es Euch abschlagen, indem er Euch in's Gesicht lacht, obwohl dennoch fünfundzwanzigtausend Piaster schon eine schöne Summe bilden.« Und schließlich setzte er hinzu: »Nun, da Ihr ihm einmal eine Zusammenkunft bestimmt habt, so sucht ihn auf; und wäre es auch nur wegen der Seltsamkeit der Sache, um zu sehen, wie er, wenn der Zufall Euch von dieser Affaire sprechen ließe, Euch das Wort vor dem Munde abschneiden und Euch mit sammt Euren fünfundzwanzigtausend Piastern heimschicken würde.«

»Hm!« meinte der Colonel, den die Nennung der Summe in Nachdenken versetzt hatte.

Don Diego prüfte ihn verstohlen.

»Auch gedenke ich,« fügte er hinzu, indem er seine Cigarre wegwarf, »nach reiflicher Ueberlegung der Meinung des Generals zu folgen und nicht mit Euch über die Sache zu sprechen.«

»Ah!« machte der Colonel abermals.

»Ich gestehe, daß es mir unangenehm ist, aber ich muß meinen Entschluß fassen, ich werde daher zu Cuellar gehen, vielleicht daß er weniger peinlich ist.«

»Cuellar ist ein schlauer Bursche,« rief Don Felipe heftig aus.

»Ich weiß es wohl,« entgegnete Don Diego sanft, »aber was thut das mir, wenn ich ihm einige tausend Piaster im Voraus gebe, bin ich gewiß, daß er meinen Vorschlag annehmen wird, der überhaupt das Vortheilhafte für sich hat, durchaus ehrenwerth zu sein.«

Der Colonel füllte die Gläser, er schien zu überlegen.

»Zum Henker,« sagte er, »es ist ein schönes Handgeld, welches Ihr gebt, zehntausend Piaster.«

»Ihr begreift wohl, lieber Herr, daß ich nicht der Mann bin, ein einem Freunde anvertrautes Geschäft umsonst zu verlangen.«

»Aber Cuellar gehört nicht zu Euren Freunden.«

»Allerdings nicht; deshalb bedaure ich auch, mich an ihn wenden zu müssen.«

»Aber um was handelt es sich denn eigentlich?«

»Das ist ein Geheimniß.«

»Bin ich nicht Euer Freund? Seid versichert, daß ich stumm sein werde, wie das Grab.«

Don Diego schien zu überlegen.

»Ihr versprecht mir, zu schweigen?«

»Ich schwöre es auf meine Ehre.«

»Oh! dann hindert mich nichts daran, zu sprechen. Es handelt sich einfach um Folgendes: Ich sage Euch nichts Neues, Colonel, wenn ich Euch mittheile, daß zahlreiche Spione, beiden Parteien zugleich dienend, ohne jeden Scrupel die Geheimnisse unserer militärischen Operationen an Miramon verkaufen, eben so wie sie sich ihre Berichte, die sie uns über den Feind liefern, aufs Beste bezahlen lassen. Nun aber hat der Gouverneur Don Benito Juarez die Augen auf zwei Männer gerichtet, die stark verdächtig sind, eine Doppelrolle zu spielen. Aber die Personen, um die es sich handelt, sind mit einer so wunderbaren Schlauheit begabt, ihre Vorsichtsmaßregeln so gut getroffen, daß ungeachtet der Quasi-Gewißheit, die über sie existirt, es bis jetzt unmöglich gewesen ist, den geringsten Beweis der Wahrheit zu erlangen; man muß sich also, um diese beiden Männer zu entlarven, ihrer Papiere bemächtigen, für deren Uebergabe außer den im Voraus gegebenen zehntausend sogleich noch fünfzehntausend Piaster gezahlt werden sollen. Wenn einmal diese Beweise in den Händen des Generals sind, wird er nicht zögern, dieselben einem Kriegsgericht vorzulegen. Ihr seht, daß diese Sache für Denjenigen, der sie übernimmt, nur ehrend sein kann.«

»In der That, es würde sogar eine verdienstliche, patriotische Handlung sein, diese Gewißheit zu verschaffen; und wer sind diese beiden Männer?«

»Habe ich Euch ihre Namen noch nicht genannt?«

»Das ist das Einzige, was Ihr vergessen habt.«

»Oh! das ist nicht absichtlich geschehen. Der Eine ist soeben zum Geheimen Secretair des General Ortega ernannt worden, der andere hat, glaube ich, auf seine Kosten eine Cuadrilla gebildet.«

»Aber ihre Namen, ihre Namen?«

»Ihr kennt sie wohl, ich vermuthe es wenigstens; der Erste heißt Don Antonio de-Cacerbar und der Zweite ...«

»Don Melchior de-la-Cruz,« fiel ihm Don Felipe rasch in's Wort.

»Ihr wußtet es!« rief Don Diego, den Ueberraschten spielend.

»Die rasche Erhebung dieser beiden Personen, ihr fast unbegrenzter Credit, dessen sie sich bei dem Präsidenten erfreuen, hat mich schon nachdenklich gemacht, Keiner begreift diese so plötzliche Gunst.«

»Auch halten es gewisse Personen für nothwendig, sich darüber Aufklärung zu verschaffen, wer diese beiden Männer sind.«

»Wohlan,« rief Don Felipe, »ich werde es erfahren, das verspreche ich Euch, und die Beweise, welche Ihr verlangt, werde ich Euch liefern.«

»Ihr würdet das thun?«

»Ja, das schwöre ich Euch, um so mehr als es die Pflicht eines rechtschaffenen Mannes ist, diese Schurken auf der That zu ertappen; und –« setzte er mit sonderbarem Lächeln hinzu, »Keiner besitzt bessere Mittel, dieses Resultat zu erreichen.«

»Solltet Ihr Euch nicht täuschen, Colonel! denn, wenn dem so wäre, glaube ich Euch versichern zu können, daß die Erkenntlichkeit der Regierung gegen Euch sich nicht auf die Summe beschränken würde, von der ich Euch einen Theil übergeben will.«

Don Felipe lächelte stolz bei dieser durchblickenden Anspielung auf einen neuen Grad, nach welchem sein Ehrgeiz schon längst strebte.

Ohne scheinbar dieses Lächeln zu bemerken, zog Don Diego aus einem großen Portefeuille ein zusammengefaltetes Papier hervor und übergab es dem Guerillero, der sich desselben mit Freude und einem Ausdruck befriedigter Gier bemächtigte, was seinen ziemlich schönen und regelmäßigen Zügen etwas Häßliches und Verächtliches verlieh.

Dieses Papier war ein Wechsel über zehntausend Piaster, zahlbar auf Sicht eines großen englischen Bankhauses von Vera-Cruz.

Don Diego erhob sich.

»Ihr wollt aufbrechen?« fragte ihn der Colonel. »Ja, ich bin zu meinem Bedauern gezwungen, Euch zu verlassen.«

»Auf baldiges Wiedersehen, Sennor Don Diego.« Der junge Mann bestieg wieder sein Pferd und ritt in schnellem Trabe davon.

»Ei!« murmelte er für sich, »ich glaube, diesmal ist die Falle so gut gestellt, daß die Elenden sich darin fangen werden.«

Der Colonel hatte den Platz auf seiner Hängematte wieder eingenommen und begann mit mehr Kraft als Ruhe von Neuem sie in schaukelnde Bewegung zu setzen.

IX.

Liebe.

Dolores und Carmen waren allein im Garten. Sie saßen wie zwei furchtsame Grasmücken im Hintergrunde eines Bosquets von blühenden Orangen- und Granatenbäumen und plauderten auf's Angelegentlichste.

Donna Maria war durch ein leichtes Unwohlsein an das Zimmer gefesselt; oder hatte vielmehr unter diesem Vorwand die jungen Mädchen im Garten allein gelassen, um ungestört einen wichtigen Brief von Don Jaime zu lesen, den ihr ein sicherer Mann überbracht hatte.

Von aller Aufsicht befreit, überließen sich die jungen Mädchen dem Bedürfniß, einander ihre süßen und kindlichen Geheimnisse anzuvertrauen. Einige Worte waren genügend gewesen, um jede Erklärung zwischen ihnen unnütz zu machen; auch gab es keine Hintergedanken und Ausflüchte, sondern es herrschte das unbegrenzteste Vertrauen, um einander zu Hülfe zu kommen und die geliebten Männer zu zwingen, endlich ihr langes Schweigen zu brechen und offen in ihrem Herzen den Namen Derjenigen erkennen zu lassen, die jeder von ihnen vorzog.

Sie waren gerade in diesem Augenblick in der Unterhaltung über diesen ernsten und interessanten Gegenstand begriffen.

Obwohl sie sich ihre gegenseitige Liebe längst gestanden hatten, so hielt sie dennoch ein Gefühl von Würde, welches jeder wahren Neigung eigen ist, ab, die jungen Männer zu einer Erklärung zu nöthigen.

Donna Carmen und Dolores waren in der That sehr naive und unschuldige Kinder, frei von aller Coquetterie, wodurch bei den sogenannten civilisirten Völkern die Frauen ein so grausames Spiel treiben.

Durch einen jener seltsamen Zufälle, wie das wirkliche Leben sie so oft schafft, war die Unterhaltung der jungen Mädchen, mit geringem Unterschied fast dieselbe, wie die, welche zwischen dem

Grafen und seinem Freunde über denselben Gegenstand stattge-
funden hatte.

»Dolores,« sagte Donna Carmen mit schmeichelnder Stimme,
»Du bist muthiger als ich; Du kennst Don Ludovic besser als ich, da
er überdies Dein Verwandter ist; wozu also diese Zurückhaltung
gegen ihn?«

»Ach, meine Liebe,« antwortete Donna Dolores, »diese Zurückhaltung, welche Dich in Erstaunen setzt, ist mir durch meine Lage
geboten. Der Graf Ludovic ist jetzt, wo ich von Allen verlassen bin,
mein einziger Verwandter; seit langen Jahren sind wir mit einander
verlobt.«

»Wie ist es nur möglich,« rief lebhaft das junge Mädchen, »daß
Eltern ihre Kinder, ohne sie zu fragen, verloben und sie im Voraus
zu einer Zukunft des Leidens verdammen können?«

»Solche Uebereinkommen, sagt man, sind in Europa sehr häufig,
meine Liebe; überdies macht uns unsere natürliche Schwäche zu
Sclaven der Männer, die die Macht für sich behalten; obgleich uns
die unerträgliche Tyrannei manchen Seufzer auspreßt, müssen wir
dennoch demüthig das Haupt beugen und gehorchen.«

»Ja, das ist nur zu wahr, indessen scheint mir, wenn wir uns dagegen auflehnten ...«

»Würden wir verhöhnt werden und unsern Ruf verlieren, ja, man
würde mit Fingern auf uns weisen.«

»Du willst also, Deinem Herz zum Trotz, diese Verbindung ein-
gehen?«

»Was soll ich Dir antworten, Carmen, schon der Gedanke allein,
daß diese Heirath geschlossen werden könnte, macht mich ganz
unglücklich und dennoch sehe ich kein Mittel, mich derselben zu
entziehen. Der Graf hat Frankreich verlassen und ist nur zu dem
Zwecke herübergekommen, um mich zu heirathen; mein sterbender
Vater hat ihm das Versprechen abgenommen, mich nicht ohne Be-
schützer zu lassen und diese Verbindung zu schließen. Du siehst
daher wohl ein, wie ernste Gründe ich habe, und daß es unmöglich
sein wird, dem Schicksal, welches mir droht, zu entgehen.«

»Aber, meine Liebe,« fragte Donna Carmen eifrig, »warum erklärst Du Dich nicht offen dem Grafen? Vielleicht würde diese Erklärung alle Schwierigkeiten ebnen.«

»Das ist möglich; aber diese Erklärung kann nicht von mir kommen, der Graf hat mir unermeßliche Dienste seit dem Tode meines unglücklichen Vaters erwiesen, es würde sehr undankbar sein, wollte ich seinen Antrag, der mich in jeder Beziehung ehren muß, mit einer Weigerung belohnen.«

»Oh! Du liebst ihn, Dolores!« rief sie wehmüthig aus.

»Nein, ich liebe ihn nicht,« versetzte sie mit Würde, »über vielleicht liebt er mich; nichts beweist mir das Gegentheil.«

»Ich bin gewiß, daß er mich liebt!« sagte Carmen.

»Meine Liebe,« entgegnete lächelnd Dolores, »über diese Dinge kann man niemals sicher sein, selbst wenn man die heiligsten Schwüre für sich hat, um wie viel mehr, wenn weder Wort noch Blick da sind, um zu beweisen, daß man sich nicht täuscht. Ich nehme also zweierlei an: entweder liebt mich der Graf oder er liebt mich nicht und vermuthet, daß ich ihn liebe. In beiden Fällen ist mir mein Benehmen vorgezeichnet, – ich muß warten, ohne eine Erklärung zu veranlassen, welche, ich bin es überzeugt, bald stattfinden wird. Dann, Carmen, schwöre ich Dir, werde ich vollkommen offen gegen den Grafen sein, und wenn nach dieser Erklärung noch irgend ein Zweifel in seinem Herzen bleiben sollte, so ist es sein Wille, denselben zu bewahren, und es bleibt mir dann nichts Anderes übrig, als mich in mein Schicksal zu ergeben. Das ist Alles, was ich Dir zu versprechen vermag, meine Liebe; etwas Anderes wage ich nicht zu thun meine Würde als Weib, die Achtung, welche ich mir selbst schulde, haben mir die Richtung vorgezeichnet, von welcher, abzuweichen mir meine Ehre verbietet.«

»Meine theure Dolores, ich bin gezwungen, Dir zu gestehen, daß obwohl mich Dein Entschluß betrübt, er dennoch das einzig Schickliche ist, was man unter solchen Umständen thun kann. Sei mir also nicht böse, ich leide so sehr.«

»Und ich? Glaubst Du denn, liebe Carmen, daß ich mich glücklich fühle! Oh! wenn Du diesen Gedanken hast, wirst Du einsehen, in welchem Irrthum Du befangen warst; vielleicht bin ich noch unglücklicher als Du.«

In diesem Augenblick vernahm man auf dem Sande der Allee das leichte Knirschen sich nahender Schritte.

»Es kommt Jemand,« sagte Donna Dolores.

»Es ist der Graf,« antwortete Carmen sogleich »Woher weißt Du das, meine Liebe?«

Das junge Mädchen eröthete.

»Ich errathe es an dem Schlagen meines Herzens,« flüsterte sie sanft.

»Er ist allein, glaube ich.«

»Ja, er ist allein.«

»Mein Gott, sollte Etwas vorgefallen sein?«

»Gott gebe, daß es nichts Schlimmes ist.«

Der Graf erschien am Eingang des Bosquets. Er war in der That allein; er begrüßte die jungen Damen und erwartete, daß sie ihn einladen würden, näher zu treten.

Donna Dolores reichte ihm lächelnd die Hand, während ihre Gefährtin sich verneigte, um ihre Röthe zu verbergen.

»Seid willkommen, lieber Vetter,« sagte Donna Dolores, »Ihr kommt spät heut.«

»Ich freue mich, liebe Cousine,« antwortete er, »daß Ihr diese unfreiwillige Verspätung bemerkt habt; mein Freund, Don Domingo, der heut früh genöthigt war, sich nach einem zwei Meilen von der Stadt entfernten Ort zu begeben, hatte mich mit einem Auftrag betraut, den ich erfüllen mußte, bevor ich das Glück haben konnte, Euch meine Aufwartung zu machen.«

»Das ist allerdings eine vollkommen motivirte Entschuldigung, bester Vetter, und Carmen und ich absolviren Euch; jetzt setzt Euch dort zwischen uns und laßt uns plaudern.«

»Mit dem größten Vergnügen, theure Cousine.«

Er trat in das Bosquet und setzte sich zwischen die beiden jungen Mädchen.

»Erlaubt mir, Donna Carmen,« nahm er von Neuem das Wort, »indem er sich höflich zu dem jungen Mädchen neigte, »Euch meine ehrfurchtsvollen Huldigungen darzubringen und nach Eurem Befinden zu fragen.«

»Ich bin Euch für diese Aufmerksamkeit sehr verbunden, Caballero,« erwiderte sie; »Gott sei Dank, befinde ich mich vollkommen wohl, und ich wünschte, daß dasselbe bei meiner Mutter der Fall wäre.«

»Ist Donna Maria krank?« fragte er rasch.

»Ich hoffe nein, allein sie befindet sich dennoch unwohl genug, um das Zimmer hüten zu müssen.«

Der Graf machte eine Bewegung, als wolle er sich erheben.

»Vielleicht ist unter solchen Umständen meine Anwesenheit hier nicht am Platze,« sagte er, »ich will ...«

»Durchaus nicht, Caballero, bleibt, Ihr seid kein Fremder für uns: der Titel Vetter und Verlobter meiner theuren Dolores,« setzte sie mit Absicht hinzu, »gestattet vollkommen Eure Gegenwart.«

»Um so mehr gestattet, mein Vetter, wegen der zahlreichen Dienste, die Ihr uns erwiesen habt und welche Euch ein Recht auf unsere Dankbarkeit verleihen.«

»Was auch kommen möge, Ihr und Euer Freund Don Domingo, werdet immer bei uns willkommen sein,« bemerkte Donna Carmen lächelnd.

»Ihr seid zu gütig, Sennoritas.«

Werden wir nicht das Vergnügen haben, heut Euren Freund zu sehen?«

»Er wird in einer Stunde hier sein, Sennorita; aber haben Sie die Absicht uns zu verlassen, Donna Carmen?«

»Nur für einige Minuten, Caballero, bitte ich, Euch verlassen zu dürfen; Dolores wird Euch Gesellschaft leisten, während ich nach dem Befinden meiner Mutter sehen will.«

»Thut das, Sennorita, und seid so gütig. Eurer Frau Mutter mein lebhaftes Bedauern wegen ihres Unwohlseins auszusprechen.«

Das junge Mädchen grüßte lächelnd und eilte leicht wie ein Vogel davon.

Der Graf und Donna Dolores blieben allein.

Ihre Lage war seltsam und setzte sie in Verlegenheit, als sie sich so unvermuthet einander gegenüber sahen, um die Erklärung zu beginnen, vor welcher, trotzdem sie deren dringende Nothwendigkeit erkannten, dennoch Beide zurückwichen.

Wenn es einer Frau schwer wird, einem Manne, welcher ihr den Hof macht, zu gestehen, daß sie ihn nicht liebt, ist das Geständniß auf Seiten des Mannes vielleicht noch schwieriger und peinlicher.

Einige Minuten verflossen in tiefem Schweigen, während die jungen Leute sich verstohlene Blicke zusandten.

Endlich, da die Zeit verging und der Graf fürchtete, sich diese günstige Gelegenheit entschlüpfen zu lassen, die sich vielleicht in längerer Zeit nicht wieder bieten würde, beschloß er das Wort zu nehmen.«

»Nun, meine Cousine,« sagte er mit dem ungezwungensten Tone, den er anzunehmen vermochte, »beginnt Ihr Euch an das eingezogene Leben zu gewöhnen, zu welchem Euch die Lage, in der Ihr Euch befindet, nöthigt?«

»Ich habe mich vollkommen an dieses ruhige Leben gewöhnt, mein Vetter,« antwortete sie, »wenn nicht die trüben Erinnerungen wären, die mich keinen Augenblick verlassen, so gestehe ich Euch, würde ich mich sehr glücklich fühlen.«

»Dazu wünsche ich Euch von Herzen Glück, liebe Cousine.«

»In der That, was fehlt mir hier? Donna Maria und ihre Tochter lieben mich, sie umgeben mich mit zarter Aufmerksamkeit, ich habe einen kleinen Kreis ergebener Freunde – kann ich mehr wünschen auf dieser Welt, wo das wahrhafte Glück nicht existirt?«

»Ich beneide Eure Philosophie, Cousine, indessen zwingt mich meine Pflicht als Verwandter ... und Freund,« setzte er zögernd hinzu, »Euch darauf aufmerksam zu machen, daß diese Lage, so glücklich sie auch sein mag, nur sehr unsicher ist. Ihr könnt nicht hoffen, stets Eure Tage im Schooße dieser liebenswürdigen Familie zuzubringen; tausend unvorhergesehene Ereignisse können hereinbrechen, welche Euch plötzlich von derselben trennen.«

»Das ist allerdings wahr, mein Vetter,« flüsterte sie mit bebender Stimme.

»Ihr wißt,« fuhr er fort, »wie wenig man in diesem unglücklichen Lande auf die Zukunft rechnen kann, ein junges Mädchen Euren Alters und überhaupt von Eurer Schönheit, liebe Cousine, ist leider tausendfachen Gefahren ausgesetzt, welchen zu entgehen fast unmöglich ist. Ich bin Euer Verwandter, wenn nicht der nächste, so doch der aufrichtigst ergebene, daran zweifelt Ihr nicht, nicht wahr?«

»Oh nein! Gott behüte mich, lieber Vetter, glaubt vielmehr, daß mein Herz Euch eine tiefe Dankbarkeit für die unzählichen Dienste, die Ihr mir erwiesen habt, bewahrt.«

»Dankbarkeit allein,« sagte er absichtlich, »das ist ein sehr relativer Begriff, Cousine.«

Sie richtete einen freundlichen, hellen Blick auf ihn.

»Welch' anderes Wort könnte ich anwenden?« sprach sie.

»Ich habe Unrecht, verzeiht mir,« antwortete er; »aber unsere Lage einander gegenüber ist so seltsam, daß ich nicht weiß, wie ich mich ausdrücken soll, ohne fürchten zu müssen, Euch zu mißfallen.«

»Nein, mein Vetter, Ihr habt etwas Aehnliches nicht zu fürchten,« erwiderte sie lächelnd, »Ihr seid mein Freund, und bei dieser Benennung habt Ihr das Recht, mir Alles zu sagen, wie ich Alles hören darf.«

»Den Namen eines Freundes, den Ihr mir beilegt,« sagte er sanft, »hätte Euer Vater gewünscht …«

»Ja,« unterbrach sie ihn mit einiger Lebhaftigkeit, »ich weiß, auf was Eure Anspielungen hindeuten, mein Freund; mein Vater hatte Pläne für unsere Zukunft, die zu realisiren der Tod ihn verhinderte.«

»Diese Pläne zu verwirklichen, hängt nur von Euch ab, Cousine.«

Sie schien einige Augenblicke zu zögern, dann nahm sie mit zitternder Stimme, während ihr Gesicht sich leicht entfärbte, wieder das Wort:

»Die Wünsche meines Vaters sind Befehle für mich, lieber Vetter; an dem Tage, wo Ihr meine Hand verlangen werdet, werde ich Eurem Wunsche nicht entgegen sein.«

»Meine theure Cousine,« rief er feurig aus, »so verstehe ich es nicht; ich habe Eurem Vater geschworen, nicht allein über Euch zu wachen, sondern sogar Euer Glück zu sichern durch alle Mittel, die in meiner Macht liegen. Diese Hand, die ihr bereit seid, mir zu geben, werde ich nur dann annehmen, wenn Ihr mir gleichzeitig Euer Herz schenkt. Welches auch meine Gefühle für Euch sein mögen, niemals würde ich Euch nöthigen, eine Verbindung zu schließen, die Euch unglücklich machen würde.«

»Habt Dank, lieber Vetter,« flüsterte sie, indem sie die Augen niederschlug, »Ihr seid edel und gut.«

Der junge Mann ergriff sanft ihre Hand.

»Dolores,« sagte er zu ihr, »erlaubt mir, Euch diesen Namen zu geben, ich bin Euer Freund, nicht wahr?«

»Oh! ja,« antwortete sie leise.

»Aber,« setzte er zögernd hinzu, »nur Euer Freund?«

»Leider ja!« seufzte sie.

»Das genügt, es ist unnütz länger dabei zu verweilen, meine Cousine, Ihr seid frei.«

»Was meint Ihr?« rief sie voll Angst.

»Ich will sagen, Dolores, daß ich Euch Euer Wort zurückgebe, ich verzichte auf die Ehre einer Verheirathung mit Euch, obgleich ich mir das Recht reservire, wenn Ihr es erlaubt, auch ferner über Euer Glück zu wachen.«

»Mein Vetter!«

»Dolores, Ihr liebt mich nicht. Euer Herz gehört einem Andern, eine Verbindung zwischen uns würde uns Beide unglücklich machen. Armes Kind, Ihr seid schon genug durch Trübsal geprüft worden in einem Alter, wo das Leben nur mit Blumen bedeckt sein sollte, seid glücklich mit Dem, welchem Ihr Eure Liebe geschenkt habt! Es soll nicht an mir liegen, daß Euer Geschick nicht bald mit dem seinigen verbunden wird. Ich werde den kostbaren Namen Freund, den Ihr mir beigelegt, rechtfertigen, indem ich alle Hindernisse, welche der Erfüllung Eurer theuersten Wünsche entgegen sein könnten, beseitige.«

»Ah!« rief sie mit thränenden Augen, indem sie die Hand, welche die ihrige hielt, sanft drückte, »warum liebe ich nicht Euch, der Ihr so würdig seid, ein solches Gefühl einzuflößen?«

»Das Herz hat einmal solche Abweichungen, liebe Dolores; wer weiß, vielleicht ist es besser so; nun trocknet Eure Thränen, seht in mir nur einen ergebenen Freund, einen sichern Vertrauten, dem Ihr alle Eure Liebesgeheimnisse ohne Furcht anvertrauen könntet, wenn mir dieselben nicht schon bekannt wären.«

»Wie?« sagte sie, ihn erstaunt anschauend, »Ihr wüßtet ...?«

»Ich weiß Alles, Cousine, beruhigt Euch also; übrigens ist er nicht so discret gewesen wie Ihr, er hat mir Alles gestanden.«

»Er liebt mich!« rief sie in die Höhe fahrend, »ist es möglich?«

In diesem Augenblick vernahm man draußen eilige Schritte.

»Er wird es Euch selbst sagen,« erwiderte der Graf.

In demselben Augenblick trat Dominique in das Bosquet.

»Ah!« seufzte sie, indem sie bebend auf die Bank zurücksank.

»Mein Gott!« rief Dominique erbleichend, »was giebt es denn?«

»Nichts, was Dich erschrecken könnte, mein Freund,« antwortete lächelnd der Graf; »Donna Dolores gestattet Dir, ihr Deine Huldigungen darzubringen.«

»Wäre es möglich!« rief er, indem er auf sie zu eilte und ihr zu Füßen sank.

»Oh! mein Vetter,« sprach das junge Mädchen im Tone sanften Vorwurfs, »warum mißbraucht Ihr so ein Geheimniß?«

»Was Ihr mir nicht anvertrautet, sondern welches ich errathen habe;« antwortete er.

»Verräther!« rief das junge Mädchen, plötzlich aufstehend und ihrem Vetter mit dem Finger drohend, »wenn Ihr mein Geheimniß errathen habt, so habe ich Euch das Eurige abgelauscht.«

Und sie verschwand, leicht wie ein Vogel dahineilend, und ließ die beiden Männer allein.

Dominique, erstaunt über diese plötzliche Flucht, deren Motiv er nicht begreifen konnte, wollte ihr nacheilen, aber der Graf hielt ihn zurück.

»Bleib,« sagte er; »das Herz eines jungen Mädchens hat Geheimnisse, die nicht entschleiert werden dürfen. Was willst Du mehr, jetzt, wo Du ihrer Liebe sicher bist?«

»O? mein Freund,« rief er aus, indem er sich in seine Arme warf, »ich bin der Glücklichste der Sterblichen.«

»Egoist,« erwiderte sanft der Graf, »der nur an sich denkt, während meine Seele vielleicht ohne Hoffnung leidet!«

Donna Dolores hatte nur so schnell die Flucht ergriffen, um ihre Verwirrung zu verbergen und ihre Bewegung zu beherrschen.

Als sie in das Haus treten wollte, kam ihr Carmen entgegen.

Dolores warf sich in ihre Arme und brach in Thränen aus.

Das junge Mädchen führte sie, über den Zustand, in welchem sie ihre Freundin sah, erschrocken, sanft bis zu ihrem Zimmer, was diese ohne den geringsten Widerstand geschehen ließ.

Es währte lange, ehe Dolores im Stande war, ihrer Freundin das Vorgefallene mitzutheilen, wie die unvermuthete Ankunft Dominique's ihr das Geständnis ihrer Liebe hatte entschlüpfen lassen.

Donna Carmen, die eine so schnelle und glückliche Entwicklung nicht erwartet hatte, war außer sich vor Freude.

Von nun an konnten sie sich ohne Zwang ihren süßen Zukunftsplänen überlassen. Was hatten sie zu fürchten; jetzt wo sie der Liebe der beiden jungen Leute sicher waren. Welches Hinderniß konnte sich gegen ihre baldige Vereinigung aufthürmen?

Durch solche Reden versuchte Donna Carmen die Verwirrung und Beschämung ihrer Freundin zu beruhigen.

So sind die jungen Mädchen, sie sehen es gern, wenn Derjenige, den sie lieben, ihre Liebe erräth, aber sie halten es für eine unverzeihliche Schwäche, dieselbe ihm gegenüber einzugestehen.

Carmen, die einige Jahre älter als Dolores war, und demzufolge ihre eigene Bewegung besser beherrschen konnte, scherzte über die Schwäche ihrer Freundin, und allmählich gelang es ihr, sie zu beruhigen und daß sie zugab, daß da das Geständniß ihrer Liebe einmal geschehen sei, sie kein Bedauern mehr darüber empfand.

Darauf verließen sie ihr Zimmer und begaben sich, jede Aufregung aus ihrem Gesicht verbannend, wieder in den Garten.

Derselbe war leer.

X.

Die Ueberrumpelung.

Wir wollen einen kurzen Rückblick machen und erzählen, was sich seit dem Tage, wo Miramon so ungezwungen über die in dem englischen Consulat niedergelegten Conventionsgelder disponirt hatte, bis zu demjenigen, zu welchem unsere Geschichte gelangt ist, ereignet hatte; denn die politischen Ereignisse waren unserer Erzählung nicht fremd, sondern trugen vielmehr zur raschen Entwicklung derselben bei.

Wie Don Jaime es ihm vorausgesagt, so hatte die etwas rohe Art, mit der General Marquez seine Befehle ausgeführt, und die durchaus ungesetzmäßige That, sich der Conventionsgelder zu bemächtigen, unglücklicher Weise den bis dahin von aller Willkür und Plünderung so reinen Character des jungen Präsidenten in ein schlechtes Licht gebracht.

Als die Nachricht sich verbreitete, hatten die Mitglieder des diplomatischen Corps, unter Andern der spanische und französische Gesandte, die wegen seines edlen Charakters mehr zu Miramon als zu Juarez neigten, von diesem Augenblick die Sache der gemäßigten, durch Miramon repräsentirten Partei unrettbar verloren gegeben, wofern nicht eins jener, in Revolutionszeiten so häufigen Wunder eintrat. Um so mehr als die verhältnißmäßig sehr bedeutende Summe der Conventionsgelder mit der, welche Don Jaime dem Präsidenten übergeben, nicht hingereicht hatte, das enorme Deficit zu tilgen, sondern nur merklich zu verringern.

Der größte Theil des Geldes war verwendet worden, die Soldaten zu bezahlen, die, da sie seit drei Monaten keine Löhnung erhalten hatten, zu murren begannen und in Massen zu desertiren drohten.

Nachdem die Armee beinahe bezahlt war, eröffnete Miramon, um dieselbe zu vermehren, Anwerbungen, da er ein letztes Mal sein Glück im Kampfe versuchen wollte, entschlossen, die ihm von den Repräsentanten der Nation anvertraute Macht, Schritt für Schritt zu vertheidigen.

Indessen, trotz des Vertrauens, welches er voraussetzte, machte sich der junge General dennoch keine Illusionen über seine verzweifelte Lage der mehr und mehr beträchtlichen und wirklich imposanten Macht der *Puros* (wie man die Parteigänger Juarez' nannte) gegenüber. Auch wollte er, bevor er sein äußerstes Spiel begann, ein letztes in seiner Macht liegendes Mittel, eine diplomatische Vermittlung, versuchen.

Bei seiner Ankunft in Mexiko hatte der spanische Gesandte seine Regierung anerkannt; an diesen Diplomaten wandte sich Miramon im letzten Augenblick, wo er an seiner Lage verzweifelte, zu dem Zweck, eine Vermittlung der Ministerresidenten zu erlangen, um durch einen Vergleich die Wiederherstellung des Friedens zu erreichen, Indem er versprach, sich gewissen Bedingungen zu unterwerfen, deren wichtigste folgende waren:

Erstens: sollten die, von den beiden Krieg führenden Parteien gewählten, Abgeordneten mit den europäischen Ministern und den Vereinigten Staaten über die Wiederherstellung des Friedens unterhandeln.

Zweitens: diese Delegirten sollten den Präsidenten für die Regierung der ganzen Republik ernennen, während eine Generalversammlung über die Fragen entscheiden sollte, welche die Mexikaner trennten.

Drittens: sollte man die Art der Zusammenberufung des Congresses festsetzen.

Diese am dritten October 1860 an den spanischen Minister gesandte Depesche schloß mit den bezeichnenden Worten, welche die Schwäche Miramon's und das wirkliche Verlangen nach Frieden deutlich aussprachen:

»Gott gebe, daß dieser im Vertrauen gewagte Vergleich ein besseres Resultat habe, als alle die, welche bis jetzt vorgeschlagen worden sind.«

Wie Alles vermuthen ließ, war auch dieser letzte Versöhnungsversuch vergeblich.

Es hatte dies einen einfachen, leicht zu begreifenden Grund selbst für diejenigen Leute, die sich nicht mit Politik befaßten.

Juarez fühlte sich, als Herr des größten Theils des republikanischen Gebiets durch die Erschöpfung seines Gegners, zu stark in seiner Regierung zu Vera-Cruz, um sich in Bezug auf diese Frage nicht unlenksam zu zeigen; er wollte diese Stellung nicht durch gegenseitige Concessionen theilen, sondern gänzlich triumphiren.

Indessen glaubte Miramon, wie ein von Jägern bedrängter, muthiger Löwe, noch immer an seinen tapferen so oft siegreichen Degen und verzweifelte noch nicht, oder wollte nicht verzweifeln. Um seine letzten zerstreuten Anhänger zu sammeln, erließ er am 17. November einen Aufruf an sie, in welchem er sich zwang, den letzten erlöschenden Funken seiner schon verlornen Sache wieder zu beleben und Denjenigen, die ihn umgaben, die Energie, welche er in sich selbst unverletzt bewahrte, mitzutheilen.

Leider war der Glauben entflohen, die Worte fielen in durch das persönliche Interesse und durch die Furcht geschlossene Ohren; Keiner wollte den letzten Schrei des Todeskampfes eines großen und aufrichtigen Patrioten verstehen.

Indessen mußte er irgend einen Entschluß fassen: entweder auf den Kampf verzichten und die Macht niederlegen, oder von Neuem zu den Waffen greifen, und bis zum letzten Augenblicke widerstehen.

Nach reiflicher Ueberlegung entschloß sich der General zu Letzterem.

Die Nacht ging zu Ende; bläuliche Lichtstrahlen fielen durch die Vorhänge und ließen die Lichter erbleichen, die in dem Cabinet angezündet waren, wo wir den Leser schon einmal eingeführt haben, um ihn einer Unterredung des Generals mit dem Abenteurer beiwohnen zu lassen.

Jetzt finden wir dieselben Personen abermals in diesem Cabinet vereinigt.

Die fast gänzlich niedergebrannten Kerzen zeigten, daß die Abendzeit sehr ausgedehnt worden war. Die beiden Männer neigten sich über eine große Karte und schienen mit ernstester Aufmerksamkeit zu studiren und in Unterhaltung begriffen zu sein.

Plötzlich richtete sich der General auf und lehnte sich in seinen Fauteuil zurück.

»Bah!« murmelte er zwischen den Zähnen, »weshalb soll man sich gegen das Mißgeschick auflehnen?«

»Um es zu besiegen, General,« antwortete der Abenteurer.

»Das ist unmöglich.«

»Ihr verzweifelt?« sagte er betonend.

»Ich verzweifle nicht; weit entfernt! – ich bin im Gegentheil entschlossen, mich eher tödten zu lassen, wenn es sein muß, als mich dem Gesetze zu unterwerfen, welches mir dieser verächtliche Juarez auferlegen will, dieser gehässige, rachsüchtige, durch einen Spanier aus Mitleid am Rande eines Weges aufgelesene Indianer, der sich nur seiner erworbenen Kenntnisse und der durch den Zufall erhaltenen Erziehung bedient, um sein Vaterland zu zerreißen und es in einen Abgrund von Leid zu stürze.«

»Das wollen Sie thun, General?« erwiderte der Abenteurer scherzend. »Wer weiß? Vielleicht hat der Spanier, von dem Sie sprechen, nur diesen Indianer zu dem Zwecke erzogen, eine Rache zu erfüllen und das in der Voraussetzung dessen, was sich heut ereignet.«

»Auf meine Seele, Alles ließe dies glauben. Niemals hat ein Mann mit boshafterer Geduld die unheilvollsten Pläne verfolgt und mehr schändliche Handlungen mit schmachvollerem Cynismus begangen.«

»Ist er nicht Befehlshaber der *Puros*?« bemerkte lachend der Abenteurer.

»Verdammt sei dieser Mann!« rief der General in einer edlen Erregung, die er nicht zu beherrschen vermochte; »er will den Ruin unseres Landes.«

»Warum wollen Sie meinem Rathe nicht folgen?«

Der General zuckte ungeduldig die Achseln.

»Nun, mein Gott; weil der Plan, den Ihr mir vorschlagt, unausführbar ist.«

»Ist dies wirklich der einzige Grund, der Sie hindert, auf denselben einzugehen?« fragte er schlau.

»Und dann,« erwiderte der General in einiger Verlegenheit, »da Ihr mich dazu zwingt, es auszusprechen, weil ich ihn meiner unwürdig finde.«

»Oh! General, erlauben Sie mir, Ihnen bemerklich zu machen, daß Sie mich falsch verstanden haben.«

»Ihr scherzet, mein Freund, ich habe Euch im Gegentheil so wohl verstanden, daß wenn Ihr darauf besteht, ich Euch Wort für Wort den von Euch gefaßten Plan wiederholen will, und den Ihr aus Eigenliebe, fügte er lächelnd hinzu, »da Ihr der Erfinder seid, mich ausführen sehen wollt.«

»Ah!« meinte der Abenteurer mit zweifelnder Miene:

»Nun, dieser Plan, hier wiederhole ich ihn. Ich soll die Stadt unvermuthet verlassen, keine Artillerie mit mir nehmen, um schneller marschiren zu können, den Feind überraschen und angreifen.«

»Und ihn schlagen,« setzte der Abenteurer betonend hinzu.

»Oh! ihn schlagen ...« wiederholte er zweifelnd.

»Das ist unfehlbar; bedenken Sie doch, General, daß Ihre Feinde Sie in der Stadt eingeschlossen vermuthen, beschäftigt damit, sich darin zu befestigen, in der Voraussetzung der Belagerung, mit der sie Sie bedrohen. Sie wissen, daß seit der Niederlage des General Marquez keiner Ihrer Parteigänger das Land unterstützt, daß sie demzufolge keinen Angriff zu fürchten haben und sich der vollkommensten Sicherheit überlassen können.«

»Das ist allerdings wahr,« murmelte der General.

»Nichts wird Ihnen daher leichter sein, als sie in Verwirrung zu bringen. Das ist das Einzige, was Sie thun können und was Ihnen allein beinahe sichere Chancen des Gelingens bietet. Indem Sie Ihre Feinde überfallen und sie einzeln schlagen, haben Sie die Hoffnung, das Glück wieder zu ergreifen, welches Sie verläßt und Sie dem schändlichen Mitwerber überliefert. Wenn nun einige für Sie glückliche Zusammenstöße mit seinen Truppen stattfinden, werden Ihre Anhänger, die Sie verloren glauben, in Masse zurückkehren und diese furchtbare Armee Juarez' wird wie der Schnee an der Sonne zerschmelzen.«

»Ja, ja, ich begreife, es liegt etwas Kühnes in diesem Plane.«

»Ueberdies bietet er Ihnen eine letzte Chance.«

»Welche?«

»Die – wenn Sie besiegt werden –: Ihren Fall dadurch zu veredeln, daß Sie mit den Waffen in der Hand auf einem Schlachtfelde fallen, anstatt sich durch einen Feind, den Sie verachten, in der Höhle fangen zu lassen und in einigen Tagen sich gezwungen zu sehen, eine schmachvolle Capitulation anzunehmen, um der Hauptstadt der Republik die Schrecken einer Belagerung zu ersparen.«

Der General erhob sich und begann mit großen Schritten im Zimmer auf und ab zu gehen; nach einer Weile blieb er vor dem Abenteurer stehen.

»Habt Dank, Don Jaime«, sagte er weich, »habt Dank! Eure freimüthige Offenheit hat mir wohlgethan, sie hat mir bewiesen, daß mir wenigstens ein treuer Freund im Unglück bleibt. Wohlan, es sei! ich nehme Euren Plan an, noch heute will ich an die Ausführung desselben gehen. Wie spät ist es?«

»Noch nicht ganz vier Uhr, General.«

»Um fünf Uhr werde ich Mexiko verlassen haben.«

Der Abenteurer erhob sich.

»Ihr verlaßt mich, mein Freund,« sagte der Präsident.

»Meine Gegenwart ist hier nicht mehr nöthig, General; erlauben Sie mir, mich zu entfernen.«

»Wir werden uns wiedersehen.«

»Im Augenblick der Schlacht, ja, General. Wo gedenken Sie, den Feind anzugreifen?«

»Dort,« antwortete der General, indem er mit dem Finger auf einen Punkt der Karte deutete, »zu Toluca, wo seine Avantgarde nicht vor zwei Uhr Nachmittags ankommen wird; wenn ich Alles aufbiete, kann ich den Ort gegen Mittag erreichen, und habe also die nothwendige Zeit, mich für den Kampf vorzubereiten.«

»Der Ort ist gut gewählt, ich prophezeihe Ihnen Sieg, General.«

»Gott hört Euch! ich glaube nicht daran.«

»Noch diese Entmuthigung.«

»Nein, mein Freund, Ihr seid im Irrthum; es ist keine Entmuthigung meinerseits, sondern Ueberzeugung.«

Und er reichte dem Abenteurer gerührt die Hand, welcher Abschied nahm und sich entfernte.

Einige Augenblicke später hatte Don Jaime Mexiko verlassen und sprengte in scharfem Galopp auf offenem Felde dahin.

Ende des dritten Theils.

Über tredition

Eigenes Buch veröffentlichen

tredition wurde 2006 in Hamburg gegründet und hat seither mehrere tausend Buchtitel veröffentlicht. Autoren veröffentlichen in wenigen leichten Schritten gedruckte Bücher, e-Books und audio-Books. tredition hat das Ziel, die beste und fairste Veröffentlichungsmöglichkeit für Autoren zu bieten.

tredition wurde mit der Erkenntnis gegründet, dass nur etwa jedes 200. bei Verlagen eingereichte Manuskript veröffentlicht wird. Dabei hat jedes Buch seinen Markt, also seine Leser. tredition sorgt dafür, dass für jedes Buch die Leserschaft auch erreicht wird.

Im einzigartigen Literatur-Netzwerk von tredition bieten zahlreiche Literatur-Partner (das sind Lektoren, Übersetzer, Hörbuchsprecher und Illustratoren) ihre Dienstleistung an, um Manuskripte zu verbessern oder die Vielfalt zu erhöhen. Autoren vereinbaren direkt mit den Literatur-Partnern die Konditionen ihrer Zusammenarbeit und partizipieren gemeinsam am Erfolg des Buches.

Das gesamte Verlagsprogramm von tredition ist bei allen stationären Buchhandlungen und Online-Buchhändlern wie z. B. Amazon erhältlich. e-Books stehen bei den führenden Online-Portalen (z. B. iBookstore von Apple oder Kindle von Amazon) zum Verkauf.

Einfach leicht ein Buch veröffentlichen: **www.tredition.de**

Eigene Buchreihe oder eigenen Verlag gründen

Seit 2009 bietet tredition sein Verlagskonzept auch als sogenanntes "White-Label" an. Das bedeutet, dass andere Unternehmen, Institutionen und Personen risikofrei und unkompliziert selbst zum Herausgeber von Büchern und Buchreihen unter eigener Marke werden können. tredition übernimmt dabei das komplette Herstellungs- und Distributionsrisiko.

Zahlreiche Zeitschriften-, Zeitungs- und Buchverlage, Universitäten, Forschungseinrichtungen u.v.m. nutzen diese Dienstleistung von tredition, um unter eigener Marke ohne Risiko Bücher zu verlegen.

Alle Informationen im Internet: **www.tredition.de/fuer-verlage**

tredition wurde mit mehreren Innovationspreisen ausgezeichnet, u. a. mit dem Webfuture Award und dem Innovationspreis der Buch Digitale.

tredition ist Mitglied im Börsenverein des Deutschen Buchhandels.

Dieses Werk elektronisch lesen

Dieses Werk ist Teil der Gutenberg-DE Edition DVD. Diese enthält das komplette Archiv des Projekt Gutenberg-DE. Die DVD ist im Internet erhältlich auf **http://gutenbergshop.abc.de**